人文阅读与收藏·良友文学丛书

舒乙题

原丛书主编：赵家璧

特邀顾问：舒　乙　赵修慧　赵修义　赵修礼　于润琦

出 品 人：马连弟
监　　制：李晓琤
执　　行：张娟平
统　　筹：吴　晞　姚　兰
装帧设计：赵泽阳

特别鸣谢（按姓氏笔画排列）：
韦　韬　叶永和　李小林　沈龙朱　陈小滢　杨子耘
张　章　周　雯　周吉仲　舒　乙　蒋祖林　施　莲
姚　昕　俞昌实　钟　蕻　郑延顺　赵修慧
以及在版权联系过程中尚未联系到的作者或家属

特别鸣谢：
上海鲁迅纪念馆
北京鲁迅博物馆
北京大学中国语言文学系
复旦大学中国语言文学系
中国作家协会权益保障委员会

人文阅读与收藏·良友文学丛书

兄弟们

（俄）陀思妥耶夫斯基 著
耿济之 译

中国国际广播出版社

良友版《兄弟们》平装本封面

晨光版《兄弟们》封面

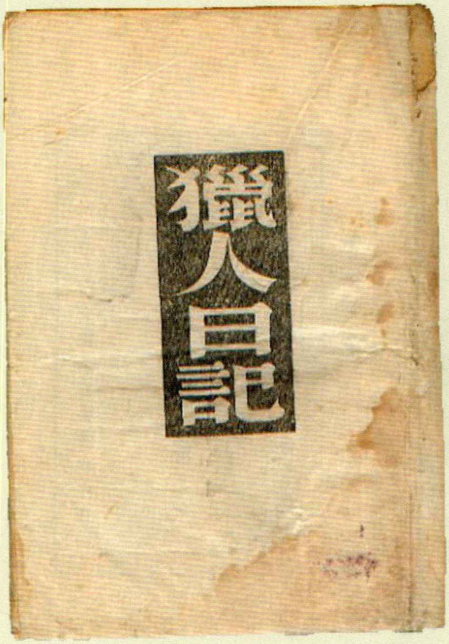

民国版耿济之译《猎人日记》书影

耿济之

《良友文学丛书》新版出版说明

二十世纪三四十年代，著名编辑赵家璧在上海良友图书公司老板伍联德的支持下，历经十余年，陆续出版《良友文学丛书》，计四十余种。其中三十九种在上海出版，各书循序编号，后出几种则无。该套丛书以收入当时左翼及进步作家的作品为主，也选入其他各派作家作品。其中小说居多，兼及散文和文艺论著；第一号是鲁迅的译作《竖琴》。丛书一律软布面精装（亦有平装普及本），外加彩印封套，书页选用米色道林纸，售价均为大洋九角。

《良友文学丛书》选目精良，在现在看来，皆为名家名作；布面精装的装帧更是被许多爱书人誉为“有型有款”。不可否认，在装帧设计日益进步的当下，这套出版于二十世纪三四十年代的丛书外形已难称书中翘楚，但因岁月洗汰，人为毁弃，这套曾在出版史上一度“金碧辉煌”过的丛书首版已然成为新文学极其珍贵的稀见“善本”。

在《良友文学丛书》首版八十周年之际，为满足现代普通读者和图书馆对该丛书阅读与收藏的需求，我们依据《良友文学丛书》旧版进行再版（四种特大本不在其列）。本着尊重旧版原貌的原则，仅对旧版中失校之处予以订正。新版《良友文学丛书》采用简体横排的形式，以旧版书影做插图，装帧力求保持旧版风格，又满足当下读者的审美趣味。希望这一出版活动对缅怀中国出版前辈们的历史功绩和传承中国文化有所裨益，也希望广大读者多提宝贵意见和建议，以便我们把日后的工作做得更好。

《良友文学丛书》新版校订说明

一、本丛书收录原良友图书公司编辑赵家璧主编《良友文学丛书》共四十六种（四种特大本不在其列），乃为目前发现且确系良友版之全部。

二、此番印行各书，均选择《良友文学丛书》旧版作为底本，编辑内容等一律保持原貌，未予改窜删削。

三、所做校订工作，限于以下各项：

（1）将繁体字改为简体字；

（2）原作注释完全保留；

（3）尽量搜求多种印本等资料进行校勘，并对显系排印失校者在编辑中酌予订正；

（4）前后字词用法不一致处，一般不做统一纠正；

（5）给正文中提到的书籍和文章及其他作品标上书名号，原作书名写法不规范、不便添加符号者，容有空缺；

（6）书名号以外其他标点符号用法，多依从作者习惯，除个别明显排印有误者外均未予改动。

目　次

好色之徒

好色之徒

第一章　仆室内

费道尔·伯夫洛维奇·卡拉马助夫的房子并不在市区的中心，却也不完全边僻。它很陈旧，却具有愉快的外表：单层房屋，还带搁楼，漆着灰色，带着红色的铁顶。然而它还能支持许多时候。这房子开间极阔，很舒适。有许多各色各样的堆室，各色各样的密室，和意料不到的小梯子。里面繁殖了老鼠，然而费道尔·伯夫洛维奇并不很生气它们："晚上独自留着的时候不至于那样厌闷。"而他确乎有到了夜里打发仆役们到边房里去，自己一人在房子里关闭整夜的习惯。边房在院里，广宽而且坚牢；费道尔·伯夫洛维奇把它分派做厨房，虽然厨房在正房里也有的。他不爱厨房的味道，食物无分冬夏全从院子里端来。总而言之，这房子是为大家庭造的，无论主仆再加五倍都住得下。但是在我们叙讲这篇小说的时候，房内只住有费道尔·伯夫洛维奇和伊凡·费道洛维奇两人，在仆人的边屋内只住三个仆人：老头儿格里郭里，老妇玛尔法，他的妻子，和男仆司米尔加可夫，年纪还轻。对于这三个仆人必须说得稍为详细些。关于老头儿格里郭里·瓦西里也维奇·古图作夫，我们已经说了很多话。他是一个坚定倔强的人，会固执而且不屈不挠地走到一个点上，只要这个点为了什么原因（时常太不合逻辑的原因）在他看来成为一种无可推翻的真理。他的妻子，玛尔法·伊格纳奇也夫纳，虽然一辈子在丈夫的意志前面无条件地服从着，却时常对他麻烦地要求，（例如在农民刚刚释放了以后，）离开费道尔·伯夫洛维奇到莫斯科去，开始做某种小生意，（他们是积了一些钱的，）但是格里郭里当时而且永远决定，女人在那里胡说，“因为一切女人全是不纯洁的，”他们不应该离开旧主人，无论这主人成为什么样子，“因为这是他们现在的责任。”

“你明白不明白，什么叫做责任？”——他对玛尔法·伊格纳奇也夫纳说。

“关于责任我明白。格里郭里·瓦西里也维奇，但是我们有什么留在这里的责任，我真不明白，”——玛尔法·伊格纳奇也夫纳坚定地回答。

“你用不到明白，就是这个样子。以后不许说话。”

结果是他们没有走，费道尔·伯夫洛维奇对他们定了工资，并不多，却按时清付。格里郭里也知道他对于主人有无从辩驳的势力，他感到这个，而这是对的：一个狡狯，固执的小丑，费道尔·伯夫洛维奇，像他自己所说似的，“在某种生命的条件里，”有很坚定的性格，而在某种别的“生命条件”里，他的性格甚至大见软弱，这在他自己也感到惊奇。他自己也知道，是那一种条件，知道了，所以很害怕。在有些生命条件里，应该把耳朵竖得尖尖的，而且如没有忠实的人在傍边，将很见困难，而格里郭里是最忠实的人。费道尔·伯夫洛维奇在自己的职业的持续期间，许多次常发生可被殴打，而且打得很利害的情事，永远由格里郭里，予以援救，虽然事后每次他总要对他教训一顿。然而单单殴打不致使费道尔·伯夫洛维奇生惧；常发生一些高尚的，甚至很精细，复杂的事情，到那时候，大概连费道尔·伯夫洛维奇自己也不能断定对于忠实，亲近的人有如何异乎寻常的需要，这种需要是他忽然有时起始闪电般地，而且不可思议地自行感觉到的。这是些近乎病态的事情：十分淫荡，而且在色淫里时常残忍得像恶虫一般的费道尔·伯夫洛维奇忽然有时在酒醉的时候自行感到精神上的恐怖和道德上的激变，在他的心灵里甚至几乎形体上地影响着。“我的心灵在这时候就像在喉咙里战栗似的，”——他有时说。就在这种时候，他爱在他的附近，并不见得在一所房子里，却在边屋里，有一个忠实的，坚定的，完全和他不相同的，不荒唐的人，他虽然看见了这一切发生着的败行，并且知道一切的秘密，却还是由于忠心而容忍这一切，并不反对，主要的是不加责备，不说威吓话，无论关于这世界，或未来世界的；而且在需要的时候还要保护他，——对着谁？对着一个不相识的，却可怕的，危险的某人，事实上是一定需要有另一个人，古老的，友善的人，可以在痛苦的时间招他前来，只为了可以审视他的脸，或者搭讪几句话，甚至完全局外的话，只要他没有什么，并不生气，心上好像轻松些，如果生气，那末更加悲苦些。出过这样的事：（自然是十分稀有的，）费道尔·伯夫洛维奇甚至夜里走到边屋去把格里郭里唤醒，叫他到他那里去一下子。格里郭里去了，费道尔·伯夫洛维奇谈些完全不相干的话，立刻打发他走，有时甚至加上嘲笑和玩笑，而自己吐了一口痰，躺下来睡觉，做了一个得到真理的人的梦。在阿莱莎回来后，费道尔·伯夫洛维奇也曾发生过和这相仿的事情，阿莱莎“刺中他的心，”是因为他“生活着，一切都看见，却不加任何责备。”不但如此，他还带来了从来未有的东西：对于他这老头子完全没有贱蔑心思，相反地，永远的和蔼，完全自然的，坦白的依恋，对于他一个这样不值得依恋的人。这一切对于老放荡鬼和没有家庭的人，是完全的意外，对于至今只爱“坏事”的他，完全出乎意料之外。阿莱莎走后，他自己承认他明白了一点至今不愿明白的东西。

我在这篇小说起端时业已提过，格里郭里恨阿台拉意达·伊凡诺夫纳，费道尔·伯夫洛维奇的第一位夫人，第一个儿子特米脱里·费道洛维奇的母亲，而相反地保护第二位夫人，歇司底里的病人，骚菲亚·伊凡诺夫纳，反对自己的主人，又反对有想到对她说一句不好的，或轻浮的话的任何的人。他对于这不幸的女人的同情竟变成了一种神圣的东西，因此二十年来，无论什么人只要对她甚至说了一句不好的暗示，他就吃不住，立刻要对加侮辱的人辩驳起来。格里郭里外表上是冷静，威严的人，不爱嚼舌，发出有分量的，不轻浮的话语。只看一眼是不能解释：他爱不爱自己的，静淑的，驯顺的妻子，但是他实在爱她，而她自然也明白这个。玛尔法·伊格纳奇也夫纳不但不是愚蠢女人，而且也许比她的丈夫聪明些，至少在日常生活方面有智虑些，但是她毫无怨言，而且柔顺地服从他，从结婚的开始日起，还无异言地尊敬他的精神上的优越。堪注意的是他们两人一辈子很少互相谈话，至多谈话些最平凡的，日常的事情。威严庄肃的格里郭里永远独自思虑自己的一切事情和烦恼，所以玛尔法·伊格纳奇也夫纳早就一下子明白他完全不需要她的劝告。她感到丈夫珍重她的沉默，承认她这样子是聪明的。他从来没有打过她，只有过一次，也就是轻轻地打。在阿台拉意达·伊凡诺夫纳和费道尔·伯夫洛维奇结婚的初年，有一次乡村里的女孩和村妇，那时还是农奴的，聚到主人的院里唱歌跳舞。她们起始作“牧场”舞，忽然，玛尔法·伊格纳奇也夫纳，那时还是年轻女人，跳到合唱队的前面，用特别的姿势跳“俄罗斯”舞，并不照乡村的样子，像村妇那般跳法，却照她在有钱的米乌骚夫的家庭地主剧场里充当女仆时的跳法。——这剧场里有从莫斯科聘请来的跳舞导演专教伶人们跳舞。格里郭里看见他的妻子这样跳舞，过了一小时，在自己家里，农舍里，教训了她一顿，轻轻地揪住头发。但是殴打的事情就此永远了结，一辈子再也没有重复过一次，而玛尔法·伊格纳奇也夫纳也从此戒了跳舞。

上帝没有赐给他们孩子，有过一个婴孩，竟死去了。格里郭里显然爱儿童，甚至不隐瞒这个，那就是说并没有不好意思表白出来。阿台拉意达·伊凡诺夫纳逃走的时候，他把三岁的特米脱里·费道洛维奇领来，管了差不多一年光景，自己拿木梳给他梳头发，甚至自己在木槽里洗他。后来他又张罗伊凡·费道洛维奇和阿莱莎两人，为了这，取到了一记耳光；但是关于这些，我已经讲过了。至于自己的小孩，那末惟有在期望中，当玛尔法·伊格纳奇也夫纳还在怀孕的时候，使他喜欢了一下。等到生下以后，悲哀和恐怖刺中他的心。事情是因为这男孩生下来就是六指的。格里郭里看见了这个，发愁得不但沉默到受洗的日子为止，却还故意走到花园中去沉默。那时候是春天，他有整整的三天在菜园里，花园中掘土。第三天上，必须给婴孩受洗礼；格里郭里在那个时候已经有了一点结论。他走进农舍，牧师和宾客都已聚在那里，费道尔·伯夫洛维奇也亲自来到，充做圣父。格里郭里忽然声明，婴孩完全不应该受洗，——他这声明说得声音不高，并不多说话，一个字一个字地渗出来，只是迟钝而且凝神地望着牧师。

“为什么这样？”——牧师带着快乐的惊奇询问。

“因为……是龙……”格里郭里喃语。

“怎么是龙？什么龙？”

格里郭里沉默了一会。

“发生了自然的错乱……”他喃语着，虽然很不清切，却极坚定，显然不愿多说话。

大家笑了，自然仍给可怜的婴孩行洗礼。格里郭里在圣水的容器傍边勤奋地祷告，却有变动对于新生孩子的意见。然而他一切也不去干涉，在有病的男孩活着的两星期内，差不多没有看他一下，甚至不愿理会他，许多时候离开家里。但是在两星期后男孩生了鹅口疮死去以后，他自己把他放在小棺材里，带着深沉的烦恼望着他。等到在不深的小坟上掩埋泥土的时候，他跪下来，朝小坟鞠躬到地。从那时起，有许多年他一次也没有提起过自己的婴孩，而玛尔法·伊格纳奇也夫纳也一次没有当他面前回忆婴孩，在遇到要同什么人谈起自己的“小宝贝”的时候，便小声微语，虽然格里郭里·瓦西里也维奇并不在傍边。据玛尔法·伊格纳奇也夫纳说，他自从埋葬了婴孩以来，起始特别研究“神事，”读圣者传，多半是默念，一个人读，每次戴上大圆银眼镜。他不大朗声读，除去在四旬斋的时候。他爱读约伯书，不知从那里取到了“适神意的我们的父伊萨克·西林”的语录与训条抄本，许多年以来拼命地念着，差不多一点也不明白内中的意义，但是也许为了这个，更加珍重，爱惜这本书了。最近的时候，他起始倾听而且研究鞭笞教，在邻近地方正发现了这样的事情。他显然十分震动，但是觉得还不合适转移到新的信仰上去。他“对于神”的渊博自然给他的面貌增添了更大的严肃。

也许，他具有神秘主义的倾向。却又好像故意似的，六指婴孩的出世和死亡恰巧和一桩别的，很奇怪的，出乎意料的，别致的事件偶合。这事件据他以后有一次自己所表示，在他的心灵里遗留了“深印，”就在六指婴孩埋葬的那天，玛尔法·伊格纳奇也夫纳夜里醒来，听见好像有新生婴孩的哭声。她惧怕了，叫醒丈夫。他倾听一下，说多半有人在呻吟，“好像是女人。”他穿衣起床。那时是很暖和的五月之夜。他走出台阶，明晰地听出呻吟声从园内出来。但花园通院子的门，到了夜间是锁上的，除去这个门以外是不能进去的，因为花园的周围有坚固的，高厚的围墙。格里郭里回到家去，点上玻璃灯，取了花园的钥匙，不注意他的夫人歇司底里性的恐怖，——她老是讲着，她听见孩子的哭声，一定是她的男孩哭着唤她，——默默地走进园里去了。他这才明了呻吟声从园中澡堂里面出来，而呻吟的一定是女人。他开了澡堂的门，看见使他呆定的一幅图画。一个本城的疯女，流浪街头，为全城闻名，绰号丽萨魏达·司米尔加司察耶（臭丽萨魏达）钻进他们的澡堂，刚刚生养了一个婴孩。婴孩躺在她的附近，而她在他的附近快要死去。她一句话也不说，也就因为她不会说话。但是所有这一切应予特别解释一下……

第二章 丽萨魏达

这里有一段特别的情节，使格里郭里深深地震撼，把他以前的一个不痛快的，可憎厌的疑窦完全钉牢靠了。这个丽萨魏达·司米尔加司察耶（臭丽萨魏达）是一个矮小身材的女郎，“两俄尺余，”像我们小城里许多进香老妇人在她死后感动地回忆时所说的一般。她的二十岁模样的脸庞，健康，宽阔，红润，却带着完全的白痴相。眼神呆板而不愉快，虽还驯顺。她一辈子无分冬夏永远赤脚行路。穿着一件麻衬衫。浓厚得厉害，卷曲如绵羊毛一般，几乎全黑的头发覆在她的头上，好像一只大帽。此外，她的头发永远涂满了泥土，黏上了树叶，小木棍，木屑之类，因为她永远睡在地上和烂泥里，她的父亲是破产的，无住所的，时常生病的下市民伊里亚，他喝许多酒，多年住在一些有钱的主人那里，（也是下市民，）充当佣工。丽萨魏达的母亲早已故世。永远有病，所以性格恶劣的伊里亚，每逢丽萨魏达回家，便无人道地殴打她。但是她不大回家，因为她靠全城的人生活着，他们把她尽看作疯狂的，上帝的人。伊里亚的主人们，伊里亚自己，甚至许多城里的慈悲的人们，特别是男女的商人，屡次尝试着给丽萨魏达穿比一件单衬衫体面些的衣裳，冬天时候永远给她穿一件皮袄，给她在脚上套靴；但是她照例无异议地让人家替她穿上，自己就走到什么地方去，大半是在教堂的门廊上，一定去脱下一切捐献与她的东西，——手绢呀，裙呀，皮袄和皮靴呀，——遗留在当地，照旧光着脚，穿着一件衬衫，径自走开了。有一次发生了下面的情事：我们省里一位新总督亲自来视察我们的小城，看见了丽萨魏达，使他的良好的情感很受了侮辱，虽然明白她是“疯女，”那是人家报告给他的，却到底认为一个年轻的姑娘穿了衬衫游荡有损雅观，所以主张以后不要再发生这情形。但是总督一走，丽萨魏达又被人家放任，做出老样来了。后来她的父亲死了，她成为一个孤女，对于城里信神的人们更见得可爱了。实际上甚至大家似乎都爱她，连男孩们也不逗引她，不给她气受，而我们的男孩们，尤其是就学的，是一种好恶作剧的民族。她到不认识的人家去，谁也不赶她，相反地，竭力对她和蔼，给些小钱。有人给她一点钱，她收了下来，立刻把它放进教堂的，或监狱的随便什么捐款箱里去。在市场上有人给她面包卷或甜点心，一定要走去送给首先遇到的婴孩，或者止住某一位极有钱的女太太，送给她；而女太太们甚至会欣然接受的。她自己只以黑面包和水果果腹。她有时走进一爿阔气的店里去，坐下来，里面放着贵重的货物，还有银钱，主人们却从来不防她，知道那怕当她面前把几千块钱掏出来，竟忘掉；她决不会取内中一个铜币的。她不大上教堂；却睡在教堂的门廊上，或是跳越篱笆，（我们这里直到现在还有许多篱笆，以代围墙，）到某家的菜园里去睡。她大概每星期一次回家去，那就是到她的故世的父亲所住的主人们家里去，但是到了冬天便每天去，却只是夜里去，不是在外屋里，便是在牛棚里过夜。人们对于她能受得住这样的生活大为惊讶，但是她已经习惯了；她身材虽小，却具有不寻常的坚固的体格。有些老爷们说她做这一切只是由于骄傲，然而这有点不对劲：她什么话也不会说，偶然只是动一动舌头，吼叫一两声，——这有什么骄傲可言。后来出了下面的一件事情：在一个九月的，光亮而且温和的夜里，（那是很久的时候，）圆圆的月亮底下，据我们看来已经很晏晚的时候，一群游荡的，在薄醉中的人们，一共有五六个好汉，从俱乐部出来，抄“小路”回家。胡同两端全是篱笆，里面蜿蜒着附在房子边上的一带菜园；这胡同通一个小桥，桥下是发臭气的，长长的沟渠，我们这里有时称之为小河。他们这一群在篱笆傍边，看见了睡在荨麻草和牛蒡草上的丽萨魏达。玩得起劲的先生们站在她的前面，嘻嘻哈哈地笑着，起始用一切可能的无检点的话语开玩笑。有一位少爷忽然在脑子里对于一个不可能的题目下了完全怪诞的问题，“随便什么人能不能把野兽当作女人，那怕现在就对她……”大家带着骄傲的憎厌心，决定说这是不可能的。但是在这一堆人里恰巧费道尔·伯夫洛维奇也在内，他顿时跳出来，说可以把她当作女人，而且很可以，甚至其中还别有趣味等等的话。说实话他已在那时候就带着十二分做作的样子，自己抢着充当小丑的角色，爱跳出来，给老爷们逗笑，自然外表上是平等的，其实在他们面前完全成为一个下贱的人物。这就在他从莫斯科接到了他的第一位夫人阿召拉意达·伊凡诺夫纳死讯的时候，那时候他正歪戴帽儿，狂饮滥嫖，使城里有些人甚至是最荒荡的人们，瞧着都不上眼。这伙人对于他的出乎意料的意见自然哈哈地笑起来；内中一个人甚至起始鼓动费道尔·伯夫洛维奇，但是其余的人更加不以为然，虽然还带着过度的快乐，终于大家散开来走各自的路。以后费道尔·伯夫洛维奇赌詈说他当时也和大家一样地回家；也许就是这个样子，没有人确切知道，而且也永远不会知道的，但是过了五六个月以后，全城的人都发出诚恳而且过分的愤怒，说丽萨魏达怀了孕，于是大家全询问，追求根底：谁犯的罪？谁是那个侮辱她的人？当时忽然全城传来了可怕的谣言，说施侮辱的人，就是费道尔·伯夫洛维奇。这谣言从何处而起？

在游荡的那伙老爷们里面，那时候恰巧只有一个人留在城里，而且这人是年岁老迈，行为尊敬的五等文官，有家庭和几个成人的女儿，即使确有其事，也决不来传布的；其余参与的人，一共有五人，当时都散走了。但是谣言一直在指着费道尔·伯夫洛维奇，还继续指着。自然他对于这也不很提出什么异议：他决不来回答那些商人们，或下市民们。他当时很骄傲，惟有在官员和贵族的伙群里才讲话，并且引逗他们快乐。就在这时候，格里郭里努力拥护自己的主人，不但为他辩护，以袪除这些蜚语，还因此发生了谩骂与争吵，使许多人不再信这谣言。“她这下贱女人，自己做错了事，”他肯定地说，而施侮辱的不是别人，就是“螺钉卡尔伯，”（唤这名字的是一个当时闻名全城的可怕的罪犯，从省城监狱内逃脱，秘密住在我们城里。）这个猜度好像是可靠的，大家都记得卡尔伯，记得他恰巧在秋天的那几个夜里在城游荡，抢劫了三个人。但是这件事情和所有这些议论不但没有使大众的同情从可怜的疯女身上移去，大家还更加保护她，珍重她起来了。商人妇康德拉奇也瓦，一个富厚的寡妇，甚至布置一切，到了四月底就把丽萨魏达引到自己家里来，想不放她出来，一直到分娩后为止。有人谨慎地守住她，然而结果是不管怎样小心，丽萨魏达在最后一天的晚上，忽然偷偷地离开康德拉奇也瓦家里，发现在费道尔·伯夫洛维奇的花园里。以她这样的情形，怎么能穿过高高的坚厚的围墙，成为一种谜。有些人相信有人把她“抬过去”的，另一些人却说是鬼灵“抬过去”的。最靠得住一点的是这一切的发生虽见巧妙，却极自然，丽萨魏达本来会爬别人家菜园的篱笆到里面去住宿，这次设法爬上费道尔·伯夫洛维奇的围墙上面还冒了对自己的危险。跳进园中，不管她自己的情形如何。格里郭里跑去找玛尔法·伊格纳奇也夫纳，叫她到丽萨魏达那里去帮助，自己跑出去唤助产婆，下市民，恰巧住得很近。婴孩得了救，但是丽萨魏达到黎明时就死了。格里郭里取了婴孩，抱到屋内，让她妻子坐下，把婴孩放在她的膝上，她的胸前：“上帝的孩子——孤儿是人尽可亲的，你我更加不用说了。我们的死去的孩子把他送给我们，他是从一个魔鬼的儿子和圣女那里生出来的。你喂他奶吃，以后不要哭了。”于是玛尔法·伊格纳奇也夫纳教养起这个婴孩来了。他受了洗礼，题名保罗，至于父名则大家起始不约而同地称做费道洛维奇。费道尔·伯夫洛维奇不加反对，甚至认为这一切极为有趣，虽然仍努力否认一切。城里对于他收留遗儿一事颇为高兴。费道尔·伯夫洛维奇以后给遗儿起了姓：称做司米尔加可夫，照他母亲的绰号丽萨魏达·司米尔加司察耶（臭丽萨魏达）而起的。这个司米尔加可夫就成为费道尔·伯夫洛维奇的第二个仆人，在我们的故事开端时同老人格里郭里和老人玛尔法一块儿住在边屋里。他还充当厨役。本应该专门对他讲几句话，但是为了这种寻常的仆人而吸住读者的注意，我未免觉得不好意思，因此现在我就转到我的小说的正文上去，希望在这部小说的继续的进行之中，自然而然再会讲到司米尔加可夫身上的。

第三章　热心的忏悔（诗体）

阿莱莎听到了父亲离开修道院时从马车里喊出的命令，一时感到极大的惶惑。他并不是站在那里，像一根木柱，他没有发生过这样的事情。相反地，他一面怀着不安，一面立刻到方丈的厨房里去打听他父亲在上面干出了什么事情。后来他就上道，希望来得及在进城的路中设法解决使他烦闷的难题。预先要说一下：对于父亲的呼喊和“连同枕头褥子”搬回家去的命令，他一点也不怕。他明白得太清楚，搬家的命令，高声而且装样地呼喊出来的，是在“忘神”中发出，甚至是为了美观，——好像一个在城里最近喝酒太多的下市民，在自己命名日的那天，当着宾客们，为了不再给他酒喝而生气，忽然起始打碎自己的器具，撕破自己的，和妻子的衣服，摔坏自己的家具，甚至碰碎屋里的玻璃，这完全是为了美观，和现在父亲的情形自然相同。到了明天，那个喝酒过多的下市民酒醒后，自然痛惜那些已碰破的碗碟。阿莱莎知道老头儿明天也一定会再放他回修道院去，甚至今天也许会放的。他深信父亲会侮辱任何人，而不愿侮辱他。阿莱莎相信全世界上面永远没有人愿意侮辱他，甚至不但不愿，而且不能。在他看来，这是永久不移的定理，无考虑的必要，在这意义上他向前进行，没有一点动摇。

但是这时候在他心里蠕动的别种的惧怕，完全另一种的惧怕，而且是痛苦得使他自己也不能加以确定的。那是惧怕女人，惧怕的就是卡德邻纳·伊凡诺夫纳，——她刚才托霍赫拉阔瓦夫人转送一封信，不知为了什么事情，坚决请求他去一趟。这一要求，和必须要前去的感觉立即将一种痛苦的情绪种入他的心里，整个早晨这痛苦的情感越来越增加了，虽然以后在修道院里随来了一些活剧和刚才在方丈那里突如其来的事情。他所惧怕的并不是他不知道她将同他说什么话，他将怎样回答她。他怕的不是一般的女人，他自然不大知道女人，但是一辈子从孩提的时候一直到入修道院里为止，他只同她们在一起过活。他怕的就是这个女人，就是卡德邻纳·伊凡诺夫纳。他从第一次看到她的时候起就怕她。他一共只见过她一两次，甚至也许只有三次，一次甚至只偶尔同她讲了几句话。在他记忆里的她的形象是一个美丽，骄傲，意志坚强的女郎。但是并非美貌使他痛苦，而是另外的一点。他的恐惧的无从解释现在更加增强了他心内的恐惧。这位女郎的用意是崇高的，他知道这个：她努力拯救对她有错的他的哥哥，特米脱里，只是由于心胸宽大而努力。虽然他感到而且承认这些美丽的，宽大的情感的合理，在他走近她的住所的时候，他的背上通过了一阵凉感。

他猜着同她很接近的伊凡·费道洛维奇哥哥，是不会在她家里遇到的：他一定现在同父亲在一起。特米脱里更加不会在那里，他预感到是为了什么原因。因此，他们的谈话将在单独里举行。他很愿意在举行这运定的谈话以前先见一见特米脱里哥哥，到他那里去一趟。他不想把那封信给他看，却可以同他谈几句话。但是特米脱里住得很远，现在一定也不会在家。他在那里站了一分钟，终于作了最后的决定。他朝自己画了熟悉的，匆遽的十字，当时不知为什么微笑了一下，便坚定地动身到这位可怕的女郎的家去了。

他认识她的房子。假使走到大街，再通过广场，那末路不很近。我们这不小的小城的面积很散漫，距离相当的长。而且父亲还等着他，也许尚未忘却自己的命令，也许要发牛皮气，所以必须赶忙，为了两处都赶得及。为了这一切考虑，他决定缩短路程，抄近路，而在城里的这些近路他是知道得像五个指头一样的清楚。所谓近路，那就是几乎没有路，顺着空旷的围墙，有时甚至要跨别人家的篱笆，经过别人家的院子，不过在那些地方是随便什么人都认识他，而且同他照呼问好的。他抄这种路到大街去，路近一半。他甚至必须穿过离父亲的房子很近的一个地方，那就是经过和父亲房子相邻的一所花园，那花园是附属于一所陈旧，歪斜的，四扇窗户的小房的。阿莱莎知道这所房子的主人是一个城里的下市民，没有腿的老妇，和女儿同居，她过去是京城里文明的女仆，最近还在几处将军家里当差使，为了母亲的病回家了一年光景，穿着漂亮的衣服显耀给人家看。但是母女两人陷入可怕的贫穷里去，甚至每天常到邻近费道尔·伯夫洛维奇家的厨房里去要菜汤和面包。玛尔法·伊格纳奇也夫纳极愿意倒给她们。但是女儿一面要汤吃，一面连一件衣裳也没有卖去，内中一套甚至带着极长的尾巴。对于最后的事实，阿莱莎是从他的好友拉基金那里得知，自然是完全偶然得知的，——拉基金对于城里的一切事情根本无所不晓。阿莱莎知道了这件事，自然当时就忘掉了。但现在走到了女邻人的花园面前的时候，他忽然恰巧忆起了这条尾巴，迅快地抬起了低垂而沉思的头，忽然……撞在一个最出人意料外的巧遇上面。

他的哥哥特米脱里·费道洛维奇在邻家花园的篱笆后面，脚垫立在什么东西上面，胸脯挺出在外面，用力向他挥手示意，招呼他，唤他，显然不但怕喊嚷，甚至不敢出声说话，为了不使人家听到。阿莱莎立刻跑到篱笆傍边去了。

“幸而你自己回头看了一下，否则，我几乎要朝你呼喊，”——特米脱里·费道洛维奇欣悦而且匆遽地微语，——“你爬过来！快些！你来得真好。我刚刚想起了你……”

阿莱莎自己也很高兴，只是疑惑着如何跨过篱笆。但是米卡用大力士般的手抓住他的手肘，帮他跳跃过去。阿莱莎掳起了袈裟，用城里的赤脚小孩的灵巧的恣势跳了过去。

“好了，玩罢，我们走！”——米卡的嘴里挣脱出来欢欣的微语。

“往那里去，”——阿莱莎也微语，朝四面环望，看见自己在一个完全空旷的园中，里面除去他们两个，没有一个人。花园虽小，但是园主的小房到底还离开他们有五十步远，——“这里什么人也没有，你为什么微语？”

“我为什么微语？哎呀，见鬼！”——特米脱里·费道洛维奇忽然用极完全的声音呼喊，“我真是为什么微语？你自己看见，怎么忽然会发生了颠倒阴阳的事情。我秘密地躲藏在这里，看守着秘密，以后再解释，但是明白了这是秘密，我自己也忽然说话秘密起来，像傻子似的微语着，其实是并没有必要的。我们走罢！到那边去！暂时不要说话。我们吻你一下！

赞扬上帝在世界里，

赞扬上帝在我心里！……

我刚才在你没有来以前，坐在这里，反覆说着这句子……”

花园面积有一方俄亩大，也许多些，只在周围，沿着四面围墙，栽着树木，——苹果，枫，菩提，桦木等树。花园中央是空虚的，辟做草场。夏天可以割下几铺特干草。这花园从春天起由女主人以几个卢布的代价出租。还种着覆盆子，红酸果，醋栗，也是种在围墙旁边，蔬菜的种植却在房屋附近，最近才弄成的。特米脱里·费道洛维奇把客人领到离开房屋最远的园隅里面。在那里，忽然在浓荫的菩提树和旧棵的黑酸果，接骨木，山荣树，丁香树之中，开展了类乎古式的绿色凉亭的东西。这凉亭发了黑色，有点歪斜，有栅栏形的墙，遮覆的顶，在里面还可以躲一躲雨。凉亭不知是什么时候造成的，传说是五十年以前由当时的屋主亚历山大·卡尔洛维奇·芳石米特，一个退伍的上校造的。但是一切都已朽烂，地板霉糟，所有的板基全已摇动，木头发出潮味。凉亭里有一只木制的绿桌，嵌在地里，周围全是木质长凳，也是绿色的，可以在上面坐。阿莱莎立刻就看出了哥哥的欢欣的神情，但是走进凉亭的时候，在桌上看见了小瓶的白兰地和一只杯子。

"这是白兰地!"——米卡哈哈笑了。——"你已经看着:'他又喝起酒来了么!'你不要相信幻影。

> 你切勿相信虚空和虚伪的人群。
>
> 忘记了自己的疑惑……

我不是酗酒,只是'耽溺,'这是你的那只猪猡拉基金说的,他将成为五品文官,尽说着'耽弱'的话。你坐下罢。我要抱你。阿莱莎,搂在胸前,把你压得紧紧的,因为在整个地界上……真正的……真正的……(你明白!你明白!)惟有爱你一个人!"

他说着最后的一句话,处于近乎疯狂的状态之下。

"惟有你一个人,还有一个'下贱'的女人,我恋上了她,自己也就完蛋。但是恋并不就是爱。恋可以生在仇恨中。你应该记住!现在我还快乐地说话!你坐下来,就坐在这桌旁,我在附近挨着,要看着你,自己说话。你尽管沉默,我尽管说话,因为日期到了。但是你知道,我觉得应该真的说得轻些,因为在这里……在这里……会发现最出乎意料之外的耳朵。一切我要加以解释,所谓:请听下回分解。所有这些日子,还有现在,我为什么这样找到你身上来,渴望着你呢?(我已在这里抛了五天的锚。)为什么所有这些日子呢?因为我要把话对你一个人说出来,因为这是必须的,因为你是我所需要的，因为明天我要从云端里飞，因为明天生活即将完结，而且开始。你经历到，梦见到从山上落入深坑里的情景么？现在我并不是在梦中飞。我不怕，你也不必怕。其实我是怕的，但是我心里很甜。其实并不是甜，而是欢欣……鬼，无论出什么事，那都是一样的。强烈的精神，软弱的精神，女人的精神，——无论什么都可以！我们来赞美自然：你瞧太阳多少好，天多少清朗，树叶多少绿，完全还是夏天，下午四点钟，万籁皆静！你往那里去？”

“我到父亲那里去，还想先到卡德邻纳·伊凡诺夫纳那里去走一下。”

“到她那里，还到父亲那里！咦！真是巧极了！我是为了什么事情唤你，为了什么事情希望你来，为了什么事情在心灵的湾深处，甚至从肋骨里渴望着你呢？就为是想打发你到父亲那里去，以后再到她那里去，卡德邻纳·伊凡诺夫纳那里去，就此同她，同父亲结清楚。打发一个安琪儿去。我本可以派任何人去，但是我必须派安琪儿去。恰巧你自己也要找她，还要到父亲那里去。”

“你果真想派我去么？”——阿莱莎脱口说出来，露着病态的脸色。

“等着，你是知道这个的。我看见你一下子全都明白了。但是你不要作声，暂时不要作声。不要怜惜，也不要哭！”

特米脱里·费道洛维奇立起来，凝想了一下，手指附在额上：

“她自己唤你去，自己给你写了一封信，或是别的什么东西，因此你才到她那里去，否则，你难道会去么。”

“你瞧那张纸条，”——阿莱莎从口袋里掏出来。米卡很快地读了一下。

“你竟抄小路前去！唉！上帝呀！谢谢您，因为您把他领到小路上去，他才落到我的手里，像在故事里一条金鱼落到傻渔翁的手里似的。阿莱莎，你听着，兄弟，你听着。现在我打算把一切都说出来。因为总要对什么人说出来的。我已经对天上的安琪儿说过，也应该对地上的安琪儿说一说。你是地上的安琪儿。你倾听一下，考虑一下，你总会宽恕的……我就是要使比我高超些的人宽恕我。你听着：假使有两人忽然离开了尘世的一切，将飞到不寻常的境界里去，或者至少内中有一个人在这以前，就是在飞走灭亡的时候，到另一个人那里去，说道：你替我做了这桩，那桩事情罢，这桩事是永远没有请求过人去做，而惟有在垂死的时候才可以请求的，——那末难道那个人会不去履行……假使他是好友，他是弟兄？”

“我可以履行的。但是请你说，那是什么事情？快说，”——阿莱莎说。

“快说……唔。你不必忙，阿莱莎，你忙得很，你心里不安。现在你不必那样忙。现在世界转到新的方面上去了。唉，阿莱莎，真可惜，你不能理解欢欣！但是叫我对他说什么呢？那是你没有理解到！我这傻瓜，我说的是：

你应正直，人呀！

这是谁的诗句？”

阿莱莎决定等候。他明白他的一切事情也许现在确乎就在这里。米卡沉思了一下，手肘靠上桌上！头落在手掌上。两人都沉默着。

“阿莱莎，”——米卡说，——“惟有你一个人不致于发笑！我想开始……我的忏悔……从席列的‘向快乐的颂赞’：An die Freude！但是我不懂德文，只知道 An die Freude！你不要以为我是酒后乱谈。我没有醉。白兰地确乎是白兰地，但是我必须喝两瓶，才能醉，

面颊红润的雪莲，
骑在颠踬的马上。

然而我没有喝完小半瓶酒，所以不是雪莲。我不是雪莲，却是有力，[1] 因为我作了一劳永逸的决定。请你恕我说

① 雪莲 Silen 古希腊酒神名。俄文中 Silen 尚可作“有力”解。

了这个双关话，你今天应该宽恕我许多事情，还不止双关语一样。你不要着急，我不会拖延时间，我说的是事情，现在立刻转到正事上去。我决不使你挂念。你等一等，那一首诗……”

他抬头凝想，忽然欢欣地起始了：

“畏葸，赤裸，野蛮的人猿，
躲藏在岩石的洞穴里，
游牧民族在旷野里驰骋，
使丰腴的田地荒芜。
捕兽者持着弓剑刀枪，
恐怖地在林中奔驰……
可怜的是被波浪抛掷到
无归宿的岸傍的人们！

从奥林比克的山巅，
母亲采莱拉走了下来，
寻觅被抢走的女儿博洛赛宾；
野蛮的世界横卧在她前面，
既无宿所；
复少佳肴，
更没有庙宇
证明人们的虔信上帝。

田地的果实和甜蜜的葡萄，
未在筵席上闪耀；
仅有躯体的遗骸，
在祭坛上冒烟。
采莱拉悲切的眼光，
无论向何处望去，
到处看见人们
在深沉的屈辱之中。”

呜咽忽然从米卡的胸前迸出，他抓住了阿莱莎的手。

“好友，好友，在屈辱之中，现在就在屈辱之中。世界上受苦的人太多了，所遭的灾难太多了，你不要以为我只是穿着军官制服的禽兽，终日饮酒荒淫。老弟，我差不多尽想这个，我想这受屈辱的人并不是说谎话。我可以向上帝祷告，现在我不是扯谎，也不是自己夸奖。我想这人，因为我自己就是这样的人。

人的灵魂可以
从低卑中升起，
同古代的大地母亲
作永远的结合。”

“但是问题是叫我如何同大地作永远结合？我不吻

地，不剖劈它的胸；叫我做农人或牧童，是不是？我在世上行走，不知道是落进污秽和耻辱里或是光明和快乐中。真是十分糟糕，因为世上的一切全是一个谜！逢到我陷入最深的荒淫的耻辱里的时候，（我是只会逢到这类的事情的，）我永远读这两首关于采莱拉和关于人的诗。它能使我改善么？永远不能！因为我是卡拉马助夫。因为我假使跃入深渊，就是那样头朝地，脚朝天，一直下去，那末我甚至将因为堕落得这样可耻而感到满足，而在自己方面还把它当作美丽的事。就在这个耻辱里我忽然起始唱赞美诗。即使我是可咒詈的，即使我下贱而低卑，即使我吻我上帝所穿的袈裟的边缘；即使我同时追随着魔鬼，然而上帝呀，我到底是你的儿子，而且爱你，还感到快乐，没有这，世界是不能站立的。

永久的快乐煦育
上帝创造的灵魂，
藉着腾沸的秘密的力量，
炽燃生命的酒杯；
将小草招向光明，
浑沌变为煦阳，
充霈广阔的天空，
在星占家的视线以外。

在亲蔼的大自然的怀抱中，
有呼吸的一切全啜饮快乐；
一切生物，一切民族，
被它牵引在后面；
给予我们在不幸中的良友
葡萄汁和花冠，
给昆虫们色欲……
给安琪儿上帝的尊容。

但是诗已经够了！我流着眼泪，你让我哭一下罢。即使这是愚蠢，为大家所讪笑，然而你不是的。你的眼睛在燃烧着。诗已经够了。我现在想对你说几句关于‘昆虫’的话，就是关于上帝赋与色欲的‘昆虫。’

给昆虫们色欲……

老弟，我就是那只昆虫，这话是特地对我讲的。我们卡拉马助夫全是这样的，就是在你这安琪儿的身上也住着这条昆虫，在你的血里兴风作浪。这真是暴风雨，因为色欲就是暴风雨，比暴风雨还利害！美是一件可怕的东西！可怕是因为无从决定。而且也不能决定，因为上帝设下了一些谜。在这里，两岸可以合拢，一切矛盾可以同时生存。老弟，我没有什么学问，但是我对于这些事情想得很多。秘密是太多了！有太多的谜压迫地上的人。你尽你所知，加以解答，从浑水里干干地爬出来。美！我不能忍受，使一个心地甚至高尚，具有绝顶智慧的人从圣母玛利亚的理想始，而以骚唐姆城（Sodom）的理想终。至于心灵里具有骚唐姆城的理想而不否认圣母玛利亚的理想的人更加可怕，为了这理想，他的心燃炽，真正地燃炽，像幼年无邪的时代一般。不，人是宽阔的，甚至太宽阔了，我想弄狭窄一下。鬼知道，究竟是怎么会事，真是的！凡是在智性内认为耻辱的，在心里感想到的是一片的美。美是不是在骚唐姆之中？你须相信，在大多数人方面它是坐在骚唐姆之中的。你知道不知道这个秘密？可怕的是美不仅是可怕，而且还是神秘的东西。在这里，魔与神相争而人心成为战场。谁的心里痛，就要说出来。你听着，现在让我们转到正文上去。”

第四章　热心的忏悔（故事）

“我在那里度着荒唐的生活。刚才父亲说我化几千卢布，勾引女人。这是一个卑贱的空想，永远没有过的，即使有，根本对于‘这个事情’是不用金钱的。我的钱是附属品，心灵的充溢，布景。今天她是我的意中人，明天有一个街头的妓女代替了她的位置。我对于这两位全要博得欢心，扔掷大把金钱，闹酒，音乐，吉卜赛女人。在必要的时候，我也给她们钱，因为她们是要钱的，贪婪地要钱，这是应该说老实话的，他们当时很满足，很感激。女太太们爱我，并不全是的，但是偶而有之，偶而有之，我永远喜欢小胡同，僻静深黑的里弄，在广场的后面，——那里有奇遇，那里有出乎意料的事情，那里有落在污泥里的宝石。老弟，我说话爱带譬喻。在我们小城里，这类胡同物质的没有，而精神的是有的。如果你是我，你会明白这是什么意思。我爱淫荡，也爱淫荡的耻辱。我爱残忍，难道我不是臭虫，不是恶虫么？

实在是一个卡拉马助夫！有一次，我们许多人坐了七辆三套马车到郊外野餐，冬天，在雪橇上，我在黑暗里握住一只邻座女郎的手，强迫这女郎接吻，一个官员的女儿，可怜的，可爱的，温驯的，静淑的女郎。在黑暗里她许我，她许我做许多事。我想明天就去找她，向她求婚，（主要地讲：人家是把我当作未婚夫看待的；）可是以后我和她一句话也没有讲，五个月内一句话也没有。我看见，在跳舞的时候，（我们是时常跳舞的，）她的眼睛在厅堂前的角落里钉看着我，看见她的眼睛发光，——发出温和的，愤怒的火光。这种游戏只是给我在自己身上蓄养着的昆虫的淫欲逗趣而已。五月以后，她嫁给一个官吏，离开那个地方……一面生气，一面也许还在爱。现在他们度着幸福的生活。你要注意，我对谁也没有说，一点也不夸嘴；我的欲望固然低卑，我也爱低卑，但是我不是不顾名誉的。你脸红，你的眼睛发光。这种丑行对于你是够了。这不还只是 Paul de Cock 式的花朵，虽然残忍的昆虫已经在心灵里生长，已经开展了出来。老弟，这里是整册的回忆。愿上帝赐予这些可爱的人儿以健康。我在断绝关系的时候，不爱争论。我永远不泄漏，永远不夸任何一个友人。但是够了。莫非你以为我只是为了这一点屁事叫你来的么？不是的，我要对你讲一些有趣的事情；但是你不必惊讶我不但不对你怀羞，甚至还好像喜欢。”

“这是因为我脸红，你才说的。”——阿莱莎忽然说，——“我并非为了你的话语而脸红，却因为是我和你一样的。”

“你么？你这湾子转得有点远了。”

“不，不远，”——阿莱莎热烈地说，（显然这念头早就在他心里生出来了）——“一样的阶段。我在最下一层，而你在上面，第十三层阶段。我对于这事情这样看法，但这是一样的，完全相类的东西。人一踏上了最低的阶段，一定会升到上面的阶梯上面。”

“如果不完全踏上去呢？”

“有的人可以不完全踏上去。”

“我能么？”

“大概不能。”

“不要说，阿莱莎，不要说，可爱的人，我愿意吻你手，是由于感动而来的。那个坏蛋格鲁申卡很会识人，有一次对我说，她将会把你吞食下去……我不说下去，我不说下去！从那败行，从那被苍蝇繁殖的田地上，让我们转到我的悲剧上去，也是被苍蝇繁殖，那就是充塞一切下贱行为的田地上去。事实是因为老头子虽然造了勾引良家妇女的谣言，实际上，在我的悲剧里，这是实在有的，虽然只有一次，而且那一次并没有成立。老头子弄些莫须有的事责备我，却并不知道这件事情；我从来不对任何人说的，现在我对你第一个人说出来，自然伊凡是除外的，伊凡知道了一切。他早就知道了。然而伊凡是坟墓么？”

“伊凡是坟墓么？”

“是的。”

阿莱莎异常注意地听着。

“我在一个铁路线上的旅部里虽然充当副官，但是好像受人家的监督，和充军的人相仿，我受到这小城极好的接待。我掷去许多钱，大家相信我有钱，我自己也相信。然而我也许还有什么别的一点得到他们的欢心。虽然只是点点头，确都爱我。我的中校，已经是一个老人，忽然不爱起我来。他尽捉我的错头；但是因为我熟人很多，而且整个城市都站在我的一方面，所以也不能捉出什么错头来。我也是自己错，自己故意没有对他表示相当的敬意。我骄傲起来。这个老顽固是一个皮气很不坏，而且善意的好客的人。他曾娶过两位太太，两位都死了。第一位太太是普通人家出身，留下一个也是普通的女儿。她已经有二十四五岁，和父亲，姨母，她的去世母亲的妹子，同住。这姨母是不言不语的平凡，而侄女，中校的长女，——却是精神活泼的平凡。我在回忆的时候喜欢说好话；像这位女郎那样性格优雅的女性，我是从来没有看到的，她名叫阿格菲亚·伊凡诺夫纳。她相貌并不坏，合俄国人的口味，——身高，健壮，肥满，眼睛美丽，脸似乎有点粗燥。她没有出嫁，虽然有两家求婚，她加以拒绝，也没有因此丧失快乐。我和她投合上了，——并不是那个样子，却是纯洁的，友谊的。我是时常和女人们完全无邪恶地，友谊地投合着的。我同她胡乱谈些坦白的事情，她惟有嘻嘻地笑。许多女人喜欢坦白的话语，你应该注意这点，况且她又是一个女郎，所以使我很快乐。还有的是无论如何不能称她做未出阁的小姐。她和她姨母住在父母家里，好像甘愿压低自己，不和别的社会处于同等地位。大家爱她，需要她，因为她是一个有名的女裁缝，她有才干，替人家帮忙不钱银，为了交情起见，但是人家送她礼物的时候，——她并不拒绝接受。中校呢，——那就不同了，中校是我们这里第一流人物。他的生活十分阔绰，招待整城的客人，晚餐，跳舞。在我来到那里，进入旅部的时候，满城都在议论，说中校的次女快将从京城里来到。她是美人中选出来的最美的女人。刚在京城里某贵族女校毕业。这位次女就是卡德邻纳·伊凡诺夫纳，是中校的第二位夫人养的。第二位夫人也已去世，出身有名望的，某将军的大家庭内，虽然我确切知道，她也没有给中校带来银钱。那就是说，她有贵亲，也就完了；或者还可以有点希望，至于现款是没有的。在那个女学生回来以后，（她是来做客，不会永远住的，）我们的小城好像焕然一新，最高贵的女太太们——两位将军夫人，上校夫人，还有她们以下的一般人全都参加在内，捧起她来，开始快乐的节目，舞后，野餐，还扮演活画，替某保姆们筹款。我一声不响，我只管闹酒，并且当时做了一件事情，使全城议论纷纷。我看见她有一次对我钉了一眼，那是在炮兵团长家里，但是我当时不走近前去；意思是我不在乎结识她。过了几天，我才走到她面前去，也是在晚会上，我当时同她搭话，她佯佯地看了一眼，翘起轻蔑的嘴唇，我心想，你等一等，让我报仇！在当时许多事例上，我是一个粗野的架伙，自己也感到这个。主要地是感到‘卡钦卡’并不是天真烂漫的什么女学生，却是有性格的，骄傲的，实际上有品德的人，此外她还有聪明和学问，而我什么都没有。你以为，我想求婚么？一点也不，只是为了我是这样好汉，而她并不感到，想加以报复。我当时还是酗酒，胡闹。中校后来把我监禁了三天。在那时候，父亲恰巧寄来了六千卢布，随后我给他寄去以后一切无份的字据，意思是说我们已经‘算清了账，’我不得再有什么要求。我当时一点也不明白；老弟，我在回到这里来以前，甚至到现在最后的日子为止，甚至也许到今天为止，我一点也没有明白我同父亲在银钱上有什么争论之处。但是这不去管它；这个以后再说。当时在我收到了六千块钱以后，我忽然从朋友给我的一封信上预先知悉一种对于自己有趣的事情。那就是上边不满意我们的中校，疑心他有不法行为，总而言之，一位他的仇敌们给他预备下了冷箭。后来师长亲自驾到，大大地吼骂了一顿。过了一会，命令他自行辞职。我不来对你细讲这事是如何发生的，他确乎有些仇敌，只是忽然城里面对他和他的全家十分冷淡起来，大家好像忽然转过背来。到那时候我的第一出把戏来了：我遇见了永远保持友谊的阿格菲亚·伊凡诺夫纳，对她说：‘令尊大人那里短了四千五百卢布。’‘您还是什么意思？为什么？将军新近来过，一点也没有短……’‘那时是有的，现在却没有了。’她异常惧怕：‘请您不要吓唬我，您听谁说的？’我说：‘您不要着急，我对谁也不说，您知道对于这类事情我就像坟墓一样，我还想补说一句，以备“万一”；在令尊大人需要四千五百卢布，而他恰巧拿不出来的时候，假使送交法庭，后来还要在老年时降作小卒，还不如把你们那位女学生秘密地给我送来，我恰好收到了汇款，也许可以分给她四千卢布，神圣地保守秘密。’她说：‘您真是恶棍！（她就那样说，）——您真是狠心的恶棍！您怎样敢说这话！’她异常愤激地走了，我还朝她背后呼喊，说要神圣而且牢不可破地保持秘密。这两个女人，那就是阿格菲亚·伊凡诺夫纳和她的姨母，我预先说一句，在这段历史里确是纯粹的安琪儿，真诚地崇拜这位骄傲的妹子卡德邻纳，在她面前自行低声下气，充当她的女仆……只要阿格菲亚当时把这把戏，那就是我们的谈话，对她转过去就好了。我以后全都一五一十，打听了出来。她没有隐瞒，我呢，自然就是需要这样。

“一位新的少校忽然前来接收旅部。开始办理交代。老中校忽然害了病，不能动，在家里坐了两昼夜，没有交出公款。我们的医生克拉夫钦国说他确乎有病。惟有我知道内中一切的秘密，而且早就知道了：那笔款子，在上司查过账以后，就暂告失踪。（四年以来，每年如此。）中校把这款子借给一个靠得住的人，我们的商人，老鳏夫，脱里福诺夫，戴金眼镜，蓄大胡子。他到市集上去，做些他认为需要的生意，立刻把款子完整地交还中校，同时从市集上带来了礼物，随着礼物还加上了利息。惟有这一次，（我当时是从脱里福诺夫的儿子和承继人，流涎的青年，世上少见的荒唐透顶的男孩那里，完全偶然听来的，）惟有这一次，脱里福诺夫从市集上回来的时候，一点也没有还。中校跑到他那里去，得来的回答是：——‘我从来没有收到你什么钱，而且也不能收到。’于是我们的中校只好坐在家里，头上扎着手巾，她们三个人忙着把冰按在他的头顶上面。忽然传令兵送来一本簿子和命令；‘限即刻，二小时内，交出公款。’他签了字，以后我看见本子上的签写，——立起身来，说去改换军服，跑进卧室，拿起双统的猎枪，装上火药，插进子弹，右脚脱去靴子，枪按在胸前，脚起始寻觅引发机。阿格菲亚当时起了疑心，记住了我当时的话语，蹑足进来。恰巧看到了这情形：她闯了进来，从后面奔到他身上拥抱了他，子弹朝上面天花板上射出了。谁也没有受伤。其余的人们跑进来，抓住他，夺去了枪，拉住他的手……这一切情形我详详细细地打听了出来。我当时坐在家中，黄昏的时候，刚刚想出去，穿上衣服，梳好头发，手绢洒了香水，拿起制帽，忽然门一开——站在我面前的，在我的寓所里的是卡德邻纳·伊凡诺夫纳。

“也真有些奇怪的事情：街上当时没有人看到她溜进我的屋里来，所以城里面一点也没有漏出什么来。我向两个古老婆婆，官员的夫人，租下了寓所，他们带着侍候我，那两个女人态度很恭谨，一切听我的话，遵照我的命令，一句话也不响，像铁柱一般，我自然当时明了了一切。她走了进来，一直向我钉看，黑暗的眼睛露出坚决的态度，甚至带着挑衅的样子，但是嘴唇上和嘴唇附近，我看不出坚决来。

“‘姊姊对我说：您可以借四千五百卢布，假使我来取……我自己到您这里来。我来了……您给我钱罢！……’她按耐不住，喘着气，害怕了，嗓音中断了，唇角和唇边的纹线抖索了。阿莱莎，你听到没有？不是睡觉么？”

“米卡，我知道你会说出全部实话来的，”——阿莱莎慌急地开口说。

“我就是在那里说实话。既然要照所发生的全部事实原原本本地说出实话来，那末我是不会宽恕自己的。第一个念头是卡拉马助夫式的。老弟，有一次一只蜈蚣把我咬了，我有两星期发烧躺在床上；现在忽然从心里听见有一只蜈蚣在钉咬着，那只恶虫，你明白么，我的眼睛把她忖量了一下。你看见过她么？她真是一个美人。当时她的美不在那个上面。当时她的美，美在她高贵而我低贱，她为父牺牲，显出宽仁的伟大，而我是一只跳虱。现在她的整个身体，全由我这跳虱和恶棍加以打发，整个的她，拢统的一切，精神和肉体。她是被包围住的了。我对你直说：这念头，蜈蚣的念头，占据了我的心，使它几乎苦恼得晕厥。似乎不应该再发生什么斗争：就像跳虱，像大毒蜘蛛一般做去，不加任何的怜悯。……我的呼吸甚至窄抑了。你要知道：我也许明天就会到他们家去求婚，为了使这一切取到所谓最妙的结局，那末便没有人知道，也不会知道这事的了。因为我这人虽然具有低卑欲望，却十分诚实。在那个刹那间忽然有人朝我的耳朵上微语：‘到了明天，等到你去求婚的时候，这个女人决不会出来见你，将吩咐马夫把你从院子里推赶出去。意思是你到全城去夸嘴罢，我不怕你！’我望了女郎一眼，我的声音没有扯谎：自然是这个样子。人家会把我赶出去，照现在的脸上就可以判断的。我的心里沸腾着恶意，想玩出一个下贱的，小猪样子的，商人的把戏来：嘲笑地看她一眼，照着惟有商人才会说的口吻骂她一顿：

“‘那是四千块钱！那是我开玩笑，您这是怎么啦？您太容易相信了，小姐。二百块钱，我也许很愿意给您，至于四千卢布，那不是可以轻易扔掷到这种轻浮事情上去的。您白白地劳步了一趟。’”

“你瞧，那时候我自然将丧失一切，她一定会跑出去。但是这将成为狞恶的复仇。一切其余的事全是应得的。以后我将一辈子忏悔不尽，只要现在我做出了这个把戏，你信不信！我同任何一个女人，同无论那一位都永远不会发生这类使我在这时候看到她带着怨恨的情形的，——我可以用十字架赌誓：我当时怀着可怕的仇恨，看了她三秒钟，或五秒钟，——那种仇恨，从它到爱，到最疯狂的爱，——其间只隔着一根头发！我走近窗傍，额角接在凝冻的玻璃上面，我记得冰像火一般烧炙我的额角。我没有久留住，你不要着急，我当时回转身来，走到桌傍，打开抽屉，取出一张票额五千的，五厘的，不记名的钞券，（在我的一本法文字典里放着。）随后默默地给她看了一下，折好了，交给她，自己替她开外屋的门，倒退一步，对她作一个极恭敬的，极深刻的鞠躬，一直鞠到腰际。你相信不相信！她全身抖索了一下，凝神地看望了一秒钟，面色极度惨白，像桌毯一样，忽然一句话也不说，并不是匆遽地，却是柔软地，深深地，轻轻地，全身湾下去，一直倒在我的脚前，——额角撞地，不是照女学生的式样，却是照俄罗斯的样子！她跳起身来，跑走了。她跑出去的时候，我佩着剑；我掏出剑来，正想立刻刺杀自己，为了什么——我不知道，自然是极愚蠢的事，但是大概由于欢欣。你明白不明白，人可以为了一些欢欣而自杀；然而我并没有自行刺杀，只是吻了剑一下，又把它插进鞘里，——这话本来也可以不对你提的。刚才我讲述这一切斗争的时候，大概有点煊上彩色，为了自夸自。但是随它去罢，随它去罢，管它娘的什么人心的侦探。这就是我同卡德邻纳·伊凡诺夫纳过去的一段‘故事。’现在伊凡哥哥知道这件事情，——还有你知道，——别的没有什么了！”

特米脱里·费道洛维奇立起身来，惊慌地跨了一步，掏出手绢，擦干额上的汗，后来又坐下来，但是没有坐在原来坐的地方，却在另一个地方，对墙的一只长凳上面，使得阿莱莎不能不完全转身到他的方向那里去。

第五章 热心的忏悔
“脚跟朝上”

“现在。”——阿莱莎说，——“我这件事情的前半段已经知道了。”

“前半段你了解：那是一出戏剧，发生在那边。后半段是悲剧，发生在此地。”

“后半段的情节我至今一点也不明白，”——阿莱莎说。

“我呢？我难道明白么？”

“等着，特米脱里，这里有一句主要的话。请你对我说：你是未婚夫，现在还是未婚夫么？”

“我并不当时就成为未婚夫，只在那件事情发生以后，过了三个月的时候。这件事发生后第二天，我自己对自己说，这个故事已经了结，不会继续下去的了。我觉得前去求婚是下贱的事，而且她的一方面也有六个星期住在我们城里，——一句话也没有响。固然只有一件事情除外：在她拜访以后的第二天，他家的女仆溜到我这里来，一言不发，递来一封信。信上地址写：某某君收。一打开来，——五千卢布一张的找零。一共应该是四千五百，卖去那张钞票贴水损失二百几十卢布。她一共送还二百六十卢布，大概是的，我不大记得了，里面只有钱，——没有信，没有一句话，没有一点解释。我在信封里寻觅铅笔的一点记号——一点也没有！我暂时只好用我的余下的钱闹酒，终于使新的少校不得不对我下申斥令。至于中校却顺顺当当地将公款交了出来，使大家吃了一惊。因为谁也没有料到他的钱会如此完整。交出以后，就生了病，躺下来，睡了三星期，后来忽然发生了脑筋的软化，五天后就死了。大家用军队的仪节葬他，因为他还来不及请准辞职。卡德邻纳·伊凡诺夫纳，还有她的姊姊和姨母，刚葬好了父亲，十天以后就动身到莫斯科去了。只是在临动身以前，她们走的当天，（我没有见她们，也没有送她们，）我才接到一封小小的，蓝色的信，一张绢纸，上面只有铅笔写的一行字：‘我将和您通讯，请等候着。K.’就只如此而已。

“我现在对你解释两句话。到了莫斯科，她们的事情转变到像闪电一般的快，像阿拉伯故事一般的突然。那位将军夫人，她的近亲，忽然一下子丧失了两个她最近的继承人，两个最近的侄女，——两人在同一星期内出天花死去。受了震动的老妇看见卡嘉，喜欢得像亲生女儿，像救星，立刻拉住她。把遗嘱转到她的名下，但这是以后的事情，现在先一下子给了八万现款，说这是给你的嫁妆，你随便怎样去处分罢。她是一个歇司底里的女人，我以后在莫斯科看见她过的。当时我忽然从邮政局接到四千五百卢布，自然十分惊疑，而且奇怪得话也说不出来。过了三天，收到那封预行约定的信。这封信现在还在我这里，我永远带在身边，死也带着它——要不要给你看。你一定要读一下子；她提议做我的未婚妻，自己提出来。她说：‘我疯狂地爱您，即使您不爱我，——那是一样的，只要您做我的丈夫好了，您不必害怕，——我决不使你受到拘束，我要做您的家具，做您踏脚的地毯……愿意永远爱您，愿意救您自己’……阿莱莎，这几行字我是甚至不配用我的低贱的话语和低贱的音调加以复述的，——我永远发出那种低贱的音调，我是永远改不掉的！这封信到现在还刺我的心，难道我现在心里轻松么？难道我今天心里轻松么？我当时给他写了回信，（我怎么也不能亲身到莫斯科去，）我用眼泪写这封信。惟有一桩觉得惭愧的：我提起说她现在有金钱，还有嫁资，而我只是一个骄倨的乞丐，我居然提起了金钱，我应该自己忍住，但是笔端上滑了出来。我当时立刻给在莫斯科的伊凡写信。尽可能的范围内对他解释一切，一封信写了六张纸，是打发伊凡到她那里去。你瞧我做什么？为什么这样做？是的，伊凡爱上了她，现在还爱，我是知道的，据你们看来，据世俗的见解，我做了蠢事！但是也许这蠢事现在却救了我们大家！你难道没有看见，她如何尊敬他，如何看重他么！她把我们两人一加比较，尤其是在这里发生了一切事情以后，难道还能爱像我这样的人么？”

“但是我相信她爱的是像你这样的，而不是像他那样的人。”

“她爱自己的德性，而不是我，”——特里脱米·费道洛维奇忽然不由自主地，却近乎恶狠地脱口说出来。他笑了，但是过了一秒钟，他的眼睛闪耀，他满脸通红，拳头用力叩击桌子。

“我赌詈，阿莱莎，”——他带着可怕的，诚恳的，对自己的怒气喊道，——“信不信由你，但是上帝是神圣的，基督是神，我敢赌詈我虽然现在嘲笑她高尚的情感，然而我知道我在心灵上比她低贱几百万倍，她的高尚的情感是天神般的诚恳！悲剧就在于我确实知道这个。人带点夸示，那有什么关系呢；难道我不夸示么？要知道我是诚恳的，诚恳的。至于伊凡，我也明白他现在对于人性是看得如何的诅詈，尤其因为他具有如何的聪明！看重了那一个人？看重的是一个恶人，在这里，已经当了未婚夫的时候，在众目窥伺下，还不能止住淫暴的行为，——这居然当着未婚妻，当着未婚妻！像我这样的人居然被看中了，而他却遭到拒绝。为了什么？就为了一个姑娘由于感恩而愿意强奸自己的生命和命运！离奇极了！这样的意思我从来没有对伊凡说过，伊凡自然没有对我说过一句话，作过一点暗示；但是运命会决定一切，有价值的人将立到相当的地位上去，而卑贱的人将永远隐进胡同里面，——污秽的胡同里面，他心爱的，并且应得的胡同里面，就在那污秽与臭气中，自甘情愿而且愉快地丧失他的生命。我说了些愚蠢的话，我的话语全都用得陈旧，好像任意地，胡乱地说出，但是我所决定的就是那样。我将在胡同里淹没，而她将嫁给伊凡。”

“哥哥，等一等，”——阿莱莎又怀着过度的不安打断着。——“这上面到底有一桩事情你至今没有对我解释清楚：你是未婚夫，到底你是不是未婚夫？既然未婚妻不愿意，那你怎么可以解除婚约呢？”

“我是形式上的，受过祝福的未婚妻，这事发生在莫斯科，我到了那里去以后，当时礼节隆重，还用神像，形式是很好看的。将军夫人祝着福，甚至给卡嘉道贺。她说，你选得很好，我看透了他。你信不信，她并不爱伊凡，也不向他道贺。我在莫斯科同卡嘉谈了许多次，我把我自己向他描写，老老实实地确切地，诚恳地。她倾听了一切：

那里有亲密的自承，

温柔的言语……。

但是也有骄傲的话语。她当时强迫我作改过自新的极大誓约。我给了这誓约。现在……”

“怎么样呢？”

“现在我唤你来，今天我把你拉过来，今天的日子，——你要记住！——为了想打发你去，今天就去，找卡德邻纳·伊凡诺夫纳，并且……”

“怎么样？”

“并且对她说，我再也不到她家去，和她告别。”

“难道这是可能的么？”

“我所以派你去，而不自己去，就是因为不可能，否则，我不会自己对她说么？”

“那末你到那儿去呢？”

“到胡同里去。”

“那就是说到格鲁申卡那里去！”——阿莱莎悲惨地喊，摆着双手，——“难道拉基金果真说的是实话么？我以为你只是到她那里去走动走动，就完了。”

“未婚夫应该走动的么？当着这样的未婚妻，还当着大众的眼睛，难道这是可能的么？我也有良心的。我一到格鲁申卡家去走动，当时我就不成为未婚夫和诚实的人，我是很明白的。你看我做什么？你知道，我最先是想去打她的。我打听出来而且现在已经确实知道，那个上尉，父亲的代理人，曾把我的借据转给格鲁申卡，让他出面追索，那样子我就可以安静地了结。他们想吓唬我一下。我跑去打格鲁申卡。我以前曾瞧见过她一次。她没有使人吃惊的地方。我也知道那个商人又老又病，软洋洋地躺在床上，将来会留给她一大堆的资产。我也知道她爱赚钱，吃人们的血，重利盘剥，是一个毫无怜悯心的骗子。我跑去打她，却留在她那里了。雷雨大作，鼠疫侵袭，从此我受了传染，我知道一切都已完结，我永远不会再有别的出路。时代的循环已经完成。这就是我的情形。当时好像故意似的，我的口袋里，一个穷人的口袋里，忽然发现了三千卢布。我就同她到莫克洛叶去，离这里有二十五俄里，招来了吉卜赛女人，香槟酒，请所有的农人，所有村妇，村女，喝香槟酒，那几千卢布施展出威力来了。过了三天，我光着身子，却成为一个英雄。你以为英雄达到什么目的了么？她甚至一点也不露出什么形相来。我对你说：那是为了曲线。那个坏蛋格鲁申卡身上有一种曲线，这曲线在她的腿上也描划了出来，甚至在左脚的小指上也影响到了。我看到了，就接吻，只是如此——我敢赌誓的！她说：‘如果你愿意，我可以嫁给你。你要知道你是穷人。你如果肯不打我，许我做我愿意做的事，那时候我也许会嫁给你。’——说着，笑了。现在还笑着！”

特米脱里·费道洛维奇几乎带着疯狂的样子，立起身来，忽然好像喝醉了酒。他的眼睛突然充满了血丝。

“你果真打算娶她么?”

“只要她乐意，我立刻娶她；如果不愿意，我也要留在那里；做她家的看院人。你……你……阿莱莎……”——他忽然站在他面前，抓住他的肩膀，起始忽然用力摇撼他，——“你知道不知道，你这天真烂漫的孩子，这一切全是谵语，无意义的谵语，因为这是一出悲剧！你要知道，阿莱克谢意，我可以做低贱的人，具有低贱的溃灭的欲望，却不能做贼，小偷，挖人家的口袋，溜进人家前屋的小偷！恰巧在我跑去打格鲁申卡以前，卡德邻纳·伊凡诺夫纳在那天早晨叫我去，持着极深的秘密，让任何人也不知道，（为了什么原故，我不知道，显然他自有原因,）请我到省城里去，从邮局汇寄莫斯科三千卢布，汇给阿格菲亚·伊凡诺夫纳，所以要到省城里去，就为了不让此地的人知晓这事。我当时口袋里放着这三千卢布，就到了格鲁申卡家里，就拿着这钱到莫克洛叶去了。以后我装做已到过省城去的样子，却没有把邮局收条交给她，只说钱已经汇出，收据就送来，至今没有送，是忘记了。现在，你看怎么样，你今天就去，对她说：‘他吩咐和你告别，’她得问你：‘钱呢?’你不妨对她说：他是下贱的色鬼，是有克制不住的情感的卑鄙的东西。他当时并没有汇钱出去，却把它侵用了，因为他是一个低卑的禽兽，不能克制自己，同时你还可以补上去：然而他不是贼，这里有三千卢布，他叫我送还给你，你自己汇给阿格菲亚·伊凡诺夫纳就是了，而他自己请和你从此告别。但是那时候她忽然说：‘钱呢？’”

“米卡，你是不幸的人！但并不像你所想的那个样子，——你不要失望到死路上去！”

“你以为，我还不出三千块钱，便会自杀么？事实是我决不会自杀，现在没有这个力量，以后也许，现在我要到格鲁申卡郡里去……我不能管那些事情了！”

“到她那里去做什么？”

“做她的丈夫，我够得上这个丈夫的资格。只要有情人一到，我会到别间屋里去。我会替她的朋友们洗脏套鞋，生火炉，被差遣出去办事……”

“卡德邻纳·伊凡诺夫纳会明了一切的，”——阿莱莎忽然矜持地说，——“她会明了这一切忧愁的深刻，而加以宽恕的。她具有高尚的智慧，因为她自己会看出，再也没有比你不幸的了。”

“完全不会宽恕的，”——米卡露出牙齿笑了，——“老弟，有一点是任何女人都不能宽恕的。你知道，最好应该怎样办呢？”

“什么？”

“还给她三千块钱。”

“从那里去弄来呢？你听着，我有两千块钱，伊凡也可以拿出一千，一共三千，你拿去还了罢。”

“你这三千块钱什么时候可以收到呢！再加上你还是未成年人，一定必须，一定必须使你今天就去对她传话，不管有钱没有钱，因为我再也不能延下去，事情已到了顶点。明天就晚了，晚了。我派你到父亲那里去一趟。”

“父亲那里去么?”

“是的，在见她以前先到父亲那里去。你向他要三千块钱。”

“米卡，他决不肯给。”

“能给才好，我知道他不肯给的。你知道不知道，阿莱克谢意，什么叫做绝望?”

“我知道。”

“你要晓得：在法律上，他并不欠我一点钱。我全从他那里取到了，全取到了，我知道的。但是在道德上，他还欠我，对不对？他是从母亲二万八千卢布开始，赚到十万块钱。只要叫他从这二万八千卢布里面给我三千，只要三千，就可以把我的灵魂从地狱中救拔出来，这可以赎清他许多的罪恶！我呢，就以这三千卢布为终点，我可以给你起一个大誓，他再不会听到我那边有什么话说了。我最后一次给他一个做父亲的机会。你对他说，那是上帝自己赐给他的一个机会。”

“米卡，他无论如何不会给的。”

“我知道他不会给，我完全知道。尤其是现在，不但如此，我还知道；现在，刚刚不多几时，也许只是昨天，他初次正经地打听出来，（注意这正经两字，）格鲁申卡也许不是真的开玩笑，确乎想嫁给我。他知道这个性格，知道这只猫的皮气，难道他还会外加地给我钱，以助成这个机会，正当他自己也在疯狂地恋上她的时候？这还不必提，我还可以给你引出一桩事实：我知道他在五天以前掏出三千卢布，换成一百块钱一张的兑换券，封在一只大信封里，打上五个印，上面用红绿线扎成十字形。你看，我知道得真详细！信封上写着：‘如愿亲来，当以此献与我的安琪儿格鲁申卡。’这几个字是他自己在静寂里和秘密中涂写的。谁也不知道他身边有钱存放着，除去仆人司米尔加可夫以外，他相信这仆人的诚实，和相信自己一般。他已守候格鲁申卡三四天，希望她会来取那只信封，他叫人通知她，她也叫人回覆：‘也许可以来，’如果她到了老头子那里去，那末我还能娶她么？你现在可以明白，为什么我现在秘密地坐在这里，守候的是什么？”

“守候她么？”

“就是她。福玛在这两个脏货，这里的女主人家里租着一间小屋。福玛是从我们那个地方去的，他是我们营里的兵。他现在侍候她们，夜里守更，白天出外猎松鸡，就靠这生活。我就在他那里住了下来，他和女主人们全不知道这秘密，那就是我在这里守候着的事情。”

“只有司米尔加可夫一个人知道么?”

“他一个人知道，只要她到老头子那里去，他会来通知我。”

“是他对你讲关于信封的事情么?”

“就是他。一个极大的秘密。甚至伊凡都不知道钱的事情，一点也不知道，老头子想派伊凡到切尔马士娜去两三天；有了买树林的主见，用八千卢布的代价换得采伐一片树林的权利，所以老头子劝伊凡：‘你帮帮忙，自己去一趟罢，’意思是去两三天，他希望等他不在家的时候让格鲁申卡到他家去。”

“这末说，他今天就在等候格鲁申卡么?”

“不，今天她不会来，看得出瞄头来的。她一定不会来的!”——米卡忽然喊，——“司米尔加可夫也是这样猜想。父亲现在正在喝酒，同伊凡哥哥坐在餐桌上面。阿莱克谢意，你去问他要这三千卢布罢……”

“亲爱的，亲爱的，你怎么啦!”——阿莱莎喊，跳了起来，审看疯狂的特米脱里·费道洛维奇。在一刹那间他心想，特米脱里发疯了。

“你这话是什么意思?我并没有发疯，”——特米脱里·费道洛维奇聚神地甚至似乎胜利地看望着，说道：——“我既然派你去见父亲，我知道我说的是什么话：我相信奇迹。”

“奇迹?”

“天意的奇迹。上帝知道我的心。他看见我的一切绝望。他看见全部图画。难道他会让恐怖的事件发现么?阿莱莎，我相信奇迹，你去罢!”

“我要去。你是不是在这里等候着?”

“我在这里等。我明白这不会很快，不能一去就直统地说出！他现在喝醉了。我要等候三点钟，四点，五点，六点，七点，但是你要知道，你今天，那怕甚至半夜里，也要到卡德邻纳·伊凡诺夫纳那里去，带钱或不带钱去，并且对她说：他叫我转致道候的意思。我一定要你说出这句话：‘叫我转致道候’……”

“米卡！如果忽然格鲁申卡今天就去……不是今天，那末明天，后天?”

“格鲁申卡么？我要看守住，闯进去，妨碍他们……”

“假如……”

“假如的话，我就杀死。这样是受不住的。”

“杀死谁?”

“杀死老头子。不会杀死她。”

“哥哥，你说的是什么话?”

“我还不知道，不知道。……也许我不会杀，不致于杀。我怕在那时候他的脸忽然使我嫉恨。我恨他的喉结，他的鼻子，他的眼睛，他的无耻的嘲笑。我感到肉体上的憎厌。我怕的就是这个。我怕我不能按捺住……”

“我要去了，米卡。我相信上帝会安排得十分妥切，决不致有恐怖的事情。”

“我要坐在这里，等候奇迹。如果不能实现，那末……”

阿莱莎凝虑地动身到父亲那里去了。

第六章 司米尔加可夫

他果真遇见父亲还坐在餐桌上面。饭桌照向例摆在大厅里，虽然房子里本来预备有真正的餐室。这间大厅是全所房子最大的一间屋子，陈设得带有古老的意味。家具极古，白色，蒙着陈旧的，红色的，半丝绸的材料。窗户中间的墙壁上挂着镜子，镶着古式雕刻的，华美的，白色和金色的镜框。在糊着白纸，许多地方已经裂破的墙壁上悬挂两面大像，——一面是公爵的像，三十年以前做过本省的总督，另一面是某主教像，也是早已经死去。前面屋角落里放着几个神像，到了夜里就在前面点上油灯。——并非由于崇拜，却由于可以使这屋子在夜间得到光亮。费道尔·伯夫洛维奇夜里睡觉极晚，三四点钟方睡下，在这时间以前，老在屋内踱步，或坐在椅上沉思。他已成了习惯。他在不少的时间内，完全独自睡在一所房内，打发仆人们到屋里去，但是大部分的时候有仆人司美尔加可夫留在他那里宿夜，睡在前屋的长凳上面。阿莱莎进门时，中餐已完结，正端上糖浆和咖啡。费道尔·伯夫洛维奇爱在饭后吃点甜品，一面喝白兰地酒。伊凡·费道洛维奇也坐在桌傍喝咖啡。仆人们，格里郭里和司美尔加可夫，站在桌傍。主仆两方都处于显著的，特别快乐的兴奋状态之下。费道尔·伯夫洛维奇大声发笑；阿莱莎从外屋里就听见他的尖响的，以前十分熟稔的笑声，从笑声中立刻断定父亲还没有很醉，暂时只是情趣幽默而已。

“他来了，他来了！”——费道尔·伯夫洛维奇大喊起来，忽然看见了阿莱莎十分高兴，——“你快来参加，坐下来，喝杯咖啡，——素的，这是素的，却很烫，可爱得很，白兰地酒不请你喝，你是持斋的人。但是你要不要喝？要不要喝？我不如给你蜜酒，你这贵客！

“司米尔加可夫，你到柜橱那里去，第二层架上，右面，把钥匙拿去，快些！”

阿莱莎拒绝喝蜜酒。

“反正要取来的，不是为你，却为我们，”——费道尔·伯夫洛维奇满脸露出笑容，——“等一等，你吃过饭没有？”

“吃过了，”——阿莱莎说，实际上在方丈的厨房里只吃了一小块面包，喝了一杯酸汽水。——“热咖啡我倒是乐意喝一杯的。”

“亲爱的！好汉子！他愿意喝一杯咖啡。要不要热一热？不要紧，现在还滚热。名贵的咖啡，司米尔加可夫的手艺。我的司米尔加可夫是煮咖啡，制松饼的圣手，还有鱼汤也是他的拿手菜。以后你来吃鱼汤，预先告诉一声……等着，等着，我刚才曾分咐你完全搬回来，连被褥和枕头都带来。被褥拿来没有？嘻，嘻，嘻！——”

“没有拿来，”——阿莱莎冷笑了一声。

“但是害怕了么？刚才害怕了么？唉，我的宝贝，我是不能使你受冤屈的。伊凡，你知道，我不能看他那种瞧着人笑的样子。我不能。我的肚子会开始向他发笑，我真爱他！阿莱莎，让我给予你慈亲的祝福。”

阿莱莎立起来，但是费道尔·伯夫洛维奇一会儿又变了心思。

“不，不，我现在只对你画十字，就是这个样子，你坐下来罢。唔，现在你可以得到快乐，那就是关于你的题目。你可以尽量笑一笑。我们那只瓦拉安姆的驴子（Balaam's ass）开口说话了，而且说呀，说呀，说不完了！”

瓦拉安姆的驴子是仆人司米尔加可夫。他人很年轻，只有二十四岁。他不善交际，沉默寡言。并不是野蛮，或有点害臊，相反地，却是性格高傲，似乎看不起任何人。我们不能就此忽略过去，不说两句关于他的话，尤其是现在。养育他的是玛尔法·伊格纳奇也夫纳和格里郭里·瓦西里也维奇，但这孩子长成的时候，并“没有任何感恩的心思，”——这是格里郭里批评他的话。他成为一个野蛮的孩子，从角落里看世界的一切事物。小孩的时候，他很喜欢把猫弄死了，再以隆礼埋葬它。他套上一条被单，作为袈裟的样子，一壁唱，一壁在死猫的尸体上挥摇着什么东西，好像在摇着香炉。他静静地做着这一切，带着极大的秘密。格里郭里有一次撞到他正在做这练习。便狠狠地用鞭子抽了他一顿。他缩到角落里去，从那里斜眼望了一个多星期。“他不爱你我两人，这怪物，”——格里郭里对玛尔法·伊格纳奇也夫纳说，——“并且不爱任何人。你究竟是人不是?”——他忽然径直对司米尔加可夫说，——“你不是人，你是从澡堂的霉霉里长出来的，你是这样的人……”以后发现出来，司米尔加可夫永不能饶恕他这几句话。格里郭里教他识字，等他过了十二岁时，起始教圣经。但是这事情弄得一点也没有结果。有一天，刚刚在教第二课，或第三课的时候，这孩子忽然冷笑了一下。

“你笑什么?”——格里郭里问，从眼镜底下可怕地看他。

“没有什么。上帝在第一天上创造了世界，在第四天上创造了太阳，月亮和星儿。但是第一天上的光亮是从那里来的呢?”

格里郭里呆住了。孩子嘲笑地看着教师。在他的眼神里甚至带点傲慢。格里郭里受不住了。“那是从这里来的！”——他喊了一声，狠狠地击打学生的脸颊。男孩挨了一记耳光，没有分辩一句话，却又有好几天钻进角落里去。凑巧发生了一件事情：过了一星期，他生平第一次犯发了晕厥病，以后一辈子也不能离开它。费道尔·伯夫洛维奇知悉了这事，似乎忽然变更了对于男孩的态度。以前他好像冷淡地看着他，虽然从未骂过他，而遇见的时候，永远给他一个戈比。遇到心绪欣悦的时候，有时还从饭桌上送点甜东西给这孩子吃。但是现在知道他生了这病，便根本决定照顾他，延请医生为他治疗，但是结果到底无从治愈。他的晕厥病在每月中旬发作一次，日子是不同的。每次晕厥的力量也不同——，有时轻松，有时很剧烈。费道尔·伯夫洛维奇严禁格里郭里对这孩子用体刑，起始放他到自已楼上来。同时也禁止教他读任何功课。但是有一次，当男孩已经十五岁的时候，费道尔·伯夫洛维奇看见他在书橱傍边徘徊，并且隔着玻璃读书籍的题目。费道尔·伯夫洛维奇有许多书籍，一百余卷，但是谁没有看见他执卷在手。他立刻把书橱的钥匙交给司米尔加可夫：“你念罢。你可以做一个图书馆职员，比在院子里闲荡好得多。你坐下来念罢。你念这一本书，”——费道尔·伯夫洛维奇给他抽出一本《狄堪卡河傍村落之夜》① 来。

① 郭果里的一部小说。

男孩念完了，却感到不满足，一次也不笑，相反地，皱着眉头念完了。

“怎么样？不好笑么？”——费道尔·伯夫洛维奇问。

司米尔加可夫沉默着。

“回答呀，傻子。”

“写的全是不实在的话，”——司米尔加可夫痴笑着。

“滚你的蛋，你这奴仆的灵魂。等着，给你一本司马拉格道夫著的‘世界通史’，这里全是实事，你念罢。”

司马拉格道夫的书，司米尔加可夫没有念上十页，他觉厌闷，于是书橱又锁了起来。不久，玛尔法和格里郭里报告费道尔·伯夫洛维奇说，司米尔加可夫忽然渐渐地发现一种可怕的嫌脏的皮气：他坐着喝汤，取起羹匙，在汤里寻找起来，俯下身子，细细的审视，用羹匙盛了一点，放在亮光里看。

“有蟑螂么？”——有一次格里郭里问。

“也许是苍蝇，”——玛尔法说。

爱干净的青年人从来不回答，但是对于面包，牛肉和其他一切食物都是一样的：用叉子举起一块来，放在亮光里，好像照显微镜似的审查着，半天才加以决定，终于决定往嘴内送去。“竟出现了一个少爷，”格里郭里瞧着他，喃喃地说。费道尔·伯夫洛维奇听见司米尔加可夫有了新脾气，立刻决定他应该做一个厨子，便送他到莫斯科去学习。他学习了几年，回来的时候脸上变得很利害。他忽然似乎异乎寻常地苍老，甚至完全和年龄不相配地生出皱纹，脸发黄色，起始像太监。在道德方面，他回来时和到莫斯科去以前几乎完全一样；一样地不爱交际，不感到结交任何朋友的需要。以后有人传话，他在莫斯科也永远沉默着；莫斯科对于他好像不感到多少的兴趣，因此他在那里只认识了一点东西，其余的一切未加注意。有一次甚至到戏院去，却默默地，不愉快地回来了。然而他从莫斯科回来时却穿了讲究衣服，干净的常服和内衣，用刷子自行清理自己的衣裳，每天一定两次，漂亮的小牛皮的长靴最爱用特别的英国鞋油擦拭，弄得像镜子似的发亮。他成为一个佳良的厨师。费道尔·伯夫洛维奇给他定了薪俸，这薪俸司米尔加可夫几乎整个用在衣裳，雪花膏和香水等物品上面。但是对女性他好像和对男性同样地贱视，对待她们十分稳重，几乎是不可侵犯的样子。费道尔·伯夫洛维奇起始用另一种眼光看他。事情是他的晕厥病暴发的次数逐渐增加，每逢这些日子，饭食由玛尔法·伊格纳奇也夫纳预备，这对费道尔·伯夫洛维奇觉得不大对口味。

“为什么你的病常发？”——他有时斜看着新厨师，审视他的脸。——“你最好娶一个女人，要不要我给你要。”

但是司米尔加可夫对于这类的话惟有气得脸色发白，却绝不回答。费道尔·伯夫洛维奇挥着手，走开了。主要的是他相信他的诚实，而且永远相信，不会拿一点东西，不会偷的。有一次，费道尔·伯夫洛维奇喝醉了酒，在自家院子的烂泥里落下三张刚刚取到，颜色鲜艳的钞票，第二天上才想了起来；刚刚奔过去在口袋里寻摸，那三张花纸忽然都放好在桌上。从那里来的？司米尔加可夫检了起来，昨天就送来了。“咦，像你这样的人，我从没有看见过，”——费道尔·伯夫洛维奇当时说着，赏了他十个卢布。应该补充的是他不但相信他的诚实，不知为甚缘故甚至还爱他，虽然这小伙子瞧着他和瞧别人一样的阴沉，不住地沉默着。他不大开口说话。假使当时有人看着他，想问：这青年伙子注意什么事情，他心里时常想些什么，那末瞧着他的样子真是无从加以决定。而且他有时在屋内，或者在院子里或街上，会止步凝想，甚至站立十分钟之久。相法家细看他一下，必将说这里面既无思想，又无反省，却有一种瞑想。画家克拉姆司阔意（Kramskoy）有一幅名画，题目是：瞑想者：描写冬日的林景，林中大道上站着一个在深深的沉寂里狂想的农人。他站在那里，似正沉思，但他并不思索，却在“瞑想。”如果推他一下，他必抖索一下，望着你好像刚刚睡醒，一点也不明白。自然立刻就要醒过来，如问他站在那里想什么，那末一定一点也不记得，一定要将在瞑想时所得的印象隐藏在自己心里。这印象对于他是珍贵的，他一定不知不觉地积聚着，甚至一点也不意识到，——为了什么，自然也不知道：也许忽然积聚了多年的印象，会抛弃一切，到耶鲁撒冷去修行，也许会把自己生养着的村庄纵火焚烧，也许会同时发生两件事情。普通人里面瞑想者是很多的。司米尔加可夫一定就是这种瞑想者之一，一定也在贪婪地积聚印象，几乎自己也不知道为什么缘故。

第七章 辩论

但是瓦拉安姆的驴子忽然开口说话。题目很奇怪：格里郭里早晨在商人罗吉央诺夫的小铺里取货时，听他说有一个俄罗斯兵士在辽远的亚细亚的边界上，被亚细亚人掳去，处于受磨难和立时的死亡之恐吓之下，被强迫放弃基督教，转入回教，但是他不答允变更信仰，甘心承受磨刑，被剥去身上的皮肤，在颂扬基督的声中死去，——这业绩刊载于刚刚在当天收到的报纸上面。格里郭里就在饭桌傍边讲到了这件事情。费道尔·伯夫洛维奇以前也爱在每次饭后吃甜品的时候笑笑说说，即使甚至同格里郭里说几句也是好的。这一次他恰巧处于轻松的，有趣地感情横溢的情绪之下。他喝了点白兰地酒，听了人家告诉的新闻以后，说这个兵士应该立即超升圣徒，把剥下来的皮送到某修道院里："当时人和金钱全将汹涌而来。"格里郭里看见费道尔·伯夫洛维奇一点也不感动，却照着老习惯起始亵渎神明，便皱了眉头。

突然地，站在门傍的司米尔加可夫冷笑了一声。司米尔加可夫很时常，而且以前也被容许站立在桌傍，自然是在饭食将告终的时候。自从伊凡·费道洛维奇来到我们城里以来，他差不多每次都在饭桌旁边侍立着。

“你是什么意思？”——费道尔·伯夫洛维奇问，一下子注意到这冷笑，自然明白这是对格里郭里而发的。

“我是这个意思，”——司米尔加可夫忽然大声而且出乎意料之外地说起话来了，——“这个可嘉奖的兵士的业绩诚然很伟大，但是据我看来，即使在发生这个偶然的事情的时候，拒却了基督的名和自身的洗礼，藉以救自己的性命，留作行善之用，以便积了许多年以后赎自己的懦怯，那也并不见得有什么罪孽呀。”

“怎样没有罪孽？你在胡说。你将被送进地狱里去，把你煎烤，像煎羊肉一般，”——费道尔·伯夫洛维奇说。

就在这个时候，阿莱莎进来了。费道尔·伯夫洛维奇像我们所料到似的，非常欢迎阿莱莎。

“恰巧是你的题目，恰巧是你的题目！”——他快乐得嘻嘻哈哈地笑，叫阿莱莎坐下来听。

“关于羊肉的一层，那是不对的，而且在那里是决不会为了这事就那样的，而且也不会有的，如果照实讲，”——司米尔加可夫严正地坚持着说。

“怎么是照实讲，”——费道尔·伯夫洛维奇喊叫得更加喜欢了，膝头推撞了阿莱莎一下。

“他是混蛋，他就是的！”——格里郭里忽然脱口说出。他怒目直视司米尔加可夫。

“关于混蛋一层请你等一等再说，格里郭里·瓦西里也维奇，”——司米尔加可夫安静而自持地还击着，——“最好自己判断一下，如果我落在磨苦基督种族的人们手里，做了俘虏，他们要求我咒骂神名，拒绝神圣的洗礼，我自有全权凭自己的理性加以决定，既然其中并无任何罪孽可言。”

“这个你已经说过了，不必再演绎开来，只要拿出证据来好了！”——费道尔·伯夫洛维奇喊。

“煮汤的人！”——格里郭里贱蔑地微语。

“关于煮汤一层，请你等一等再说，格里郭里·瓦西里也维奇，你不必骂我，自己判断一下罢。因为只要我对磨苦的人们说：‘不，我不是基督徒，我咒骂我的真正的上帝，’那末我当时立刻而且特别地就被最高的上帝的裁判所诅咒，完全从神圣的教会中被斥逐出来，像异教徒一般，只要在那个一刹那间，——并不是在刚刚说出口来的时候，却只是在想开口说话的时候，甚至连四分之一秒钟的时间也不到，我已经被斥逐了，——对不对，格里郭里·瓦西里也维奇？”

他怀着显然的愉快对格里郭里说，实际上只是回答费道尔·伯夫洛维奇的问题，也很明了这点，却故意装出这些问题好像是格里郭里对他提出的样子。

“伊凡!”——费道尔·伯夫洛维奇忽然喊，——“你俯身就我的耳朵。这是他为你而设的，他希望你夸奖他。你就夸奖罢。”

伊凡·费道洛维奇十分正经地听着父亲的欢欣的通告。

“等着，司米尔加可夫，暂时不要说话，”——费道尔·伯夫洛维奇又喊，——“伊凡，你再俯身就我的耳朵。”

伊凡·费道洛维奇重又带着很严正的态度俯下身子。

“我爱你，和爱阿莱莎一般。你不要以为我不爱你。要不要白兰地酒?”

“给我罢。”——“但是你自己喝得也很够了，”——伊凡·费道洛维奇钉看父亲。他怀着极度的好奇心观察司米尔加可夫。

“你现在已经受诅咒了，”——格里郭里忽然爆发了，——“你这混蛋，你竟敢讨论起来，如果……”

“你不要骂人，格里郭里，你不要骂人!”——费道尔·伯夫洛维奇打断话头。

“您等一等，格里郭里·瓦西里也维奇，那怕甚至等一小会，继续听下去，因为我没有说完。因为就在我被上帝当时加以诅咒的时候，就在那个最崇高的刹那，我反正已经成为一个异教徒，我的洗礼已经从我的身上脱卸，不再有什么负担，——对不对？”

“下结论，快下结论，”——费道尔·伯夫洛维奇催他，愉快地从酒杯里啜饮。

“既然我不是基督徒，那末在他们问我：是不是基督徒的时候，我并没有对磨苦的人们撒谎，因为我已经被上帝自己除去了我的基督教籍，只是由于起了一点意思，而且甚至还在对磨苦者开口说话以前。我既已遭了降黜，那末在另一世界上，人家将用何种方式，凭何种理性，像对基督徒似的向我究问背叛基督之罪，而况只是为了起一点意思，还在背叛以前，就已经除去了我的洗礼。我既非基督徒，也就不会背叛基督，因为我已是没有什么可背叛的了。格里郭里·瓦西里也维奇，谁还能对龌龊的鞑靼人为了他生来就是非基督徒而加以查，谁还能为了这惩罚他，应该想一想一只狼身上不能剥下两块皮来。即便鞑靼人死后，全能的上帝将加以究问，那末我想也只是用些极小的刑罚，（因为不能完全不惩罚他，）因为他对于由龌龊的父母生下来就是龌龊的一层是没有错处的。上帝不能强拉鞑靼人，说他曾做过基督徒。那时候便等于全能的上帝说不实在的话。难道天上和地上的全能的主能说谎话，那怕只说一个字呢？”

格里郭里楞住了，瞪眼望着雄辩家。他虽然不大明白人家说些什么话，但是从这一切胡言乱语里有一点是他突然理解到的，所以他站在那里，带着额角忽然撞到墙上的人的脸色。费道尔·伯夫洛维奇喝干了一杯酒，发出尖响的笑声。

“阿莱莎，阿莱莎，你瞧怎样！唉，你这个诡辩家！他是曾经在什么地方加入耶稣会员的，伊凡。你真是发臭气的耶稣会员，谁教会你的？但是你在说谎，诡辩家，你在说谎，说谎！你不要哭，格里郭里，我们会立刻把他击得粉碎。你对我说，驴儿：你固然对于磨苦者理直气壮，但是你自己在心里倒底拒绝了自己的信仰，自己也说当时就已受了诅詈，既然是诅詈，那末在地狱里为了这诅詈不会抚摸你的头的。这层你以为怎样，我的美丽的耶稣会员。”

“这是无疑的我既然自己心里拒却了，那末并没有什么特别的罪，即使有点小罪，也是很普通的。”

“怎么叫很普通的？”

“你这该死的，尽胡说。”

“你自己判断一下罢，格里郭里·瓦西里也维奇，”——司米尔加可夫沉着而且泰然地续说，感到了胜利，却似乎对被击败的敌人表示宽容，——“你自己去判断，格里郭里·瓦西里也维奇；圣经里所说的，既然有了信仰，既使是极小的一颗子粒，如果对山说，让它到海里去，它真会去的，一点也不迟慢，在奉到了你的第一道命令以后。格里郭里·瓦西里也维奇，既然我没有信仰，而你有信仰，居然这样不断地骂我，那末你自己可以对山说，也不必到海里去，（因为这里离海极远，）甚至仅须到我们的臭河里去，那条在我们花园后面流着的河里去，你就立刻可以看到它是决不会动一动，将照旧完整地停在那里，无论你怎样去叫喊。那就是说连你也没有相当的信仰，却只是千方百计的辱骂别人。还要明白的，是在我们这时代，无论何人，不但是你，根本无论什么人，从甚至最高的人物起，到最低的农人止，都不能把山推到海里去。除去全世界有一个人以外，至多是两个人，而这一两个人也许秘密地隐在埃及沙漠中什么地方，所以是地从找到他们的，——既然如此，既然其余的人们都没有信仰，那末对于其余的一切人，那就是全世界的人民，除去两个沙漠里的隐士以外，是否上帝全将加以诅詈，而以他那样著名的仁慈，是否对无论什么人都不加以饶恕？因此我相信，我既然有了疑惑，那末在流出忏悔之泪来的时候，是会被宽恕的。”

“等着！”——费道尔·伯夫洛维奇欢欣得发狂似的尖叫，——“那两个能移动山的，你到底以为是有的么？伊凡，刻一个记号，记载下来；整个俄罗斯人就在这里表现出来！”

“你说得很对，这就是人民对于信仰的特点，”——伊凡·费道洛维奇带着赞美的微笑同意说。

“你同意的？既然你同意，那就是对的！阿莱莎，对不对？俄罗斯人的信仰是完全这样的么？”

“不对，司米尔加可夫完全没有俄罗斯人的信仰，”——阿莱莎严正而且坚决地说。

“我讲的不是他的信仰，我讲的是这特点，那两个沙漠里的修行者，只是这一个特点：这是俄罗斯式，俄罗斯式，对不对？”

“是的，这特点完全是俄罗斯式，”——阿莱莎微笑了。

“你的话值一块金钱，驴儿，我今天就赏给你，但是关于其余的一切你到底在那里说谎，说谎，说谎，你要知道，傻瓜，我们大家不信仰上帝只是由于疏忽的缘故，因为我们没有时间：第一层，我们事情很忙，第二层，上帝给了我们太少的时间，一天只规定了二十四小时，所以连睡够觉的时间都没有，至于忏悔的时间更不必说了。你竟在磨苦者面前拒却了信仰，正当你再也没有什么可想，惟有去想信仰，又正当你应该表现自己的信仰的时候！是这个样子么？我想得对不对？”

“样子是这个样子，但是您自己判断一下，格里郭里·瓦里也维奇，就是因为这样子，才使人们感到轻松。既然我当时信仰那个真理，像应该信仰的样子，那末如果不为自己的信仰忍受痛苦而转入回教，那时候的确是有罪的。但是那时候不致吃到什么痛苦，只要我当时朝那座山说：你挪动一下，把这磨苦者压碎了，而它居然挪动了，立刻压扁他，像压死一只螳螂，我就行若无事地走开，歌颂着上帝。假使我在那个时候试验过这一切，故意对山说：快把那些磨苦者压死，而它并没有去压，那末请问，那时候叫我怎么能不疑惑，而且还正当处于生死关头，怀着死的恐怖的时候？我也早就知道，我走不进天国里去，（因为山既不能照我的话移动，那就是说在天国里不相信我的信仰，也没有很大的奖赏期待着我，）那末为了什么：我还要毫无益处的让人家剥去身上的皮呢？因为我背上的皮肤即使被剥去了一半，那座山也不会依照我的话语或呼喊而移动的。到了那个时候，不但可以发生疑惑，甚至由于恐怖会丧失了理智，连考虑也是完全不可能的了。如此说来，假使我无论在那里都看不到一点利益和赏赐，至少能把自己的皮肤保惜一下，那末我还有什么特别的错处呢？所以我很希望上帝的恩惠，期待我将得到完全的宽恕……”

第八章　喝了白兰地以后

辩论终结了，但是事情很稀奇，本来十分快乐的费道尔·伯夫洛维奇到后来忽然皱起眉毛来了。他皱着眉头，喝干了白兰地酒。这已经是完全多除的一杯酒。

“滚开罢，你们这些耶稣会员，”他对仆人们喊，“司米尔加可夫，出去呀。我答应给你的一个金币，今天就会交给你，你去好了，你不要哭，格里郭里，到玛尔法那里去，她会安慰你，让你安睡。这些混蛋，不让人家在饭后安安静静地坐一会，”——在仆人们奉到了他的命令立刻退出去的时候，他忽然恼恨地说，——“司米尔加可夫现在每次开饭的时候总要钻到这里来，这是因为他太注意于你。你用什么方法使他这样和你要好？”——他对伊凡·费道洛维奇说。

“并没有什么，”——他回答，——“他自己想起尊敬我。他是一个仆役和下贱的人。一块打先锋的生肉，在日子到达的时候。”

“打先锋的么?”

“也有另一些好些的，却也有这类的人。起初是这类的人，好些的跟在后面。”

“日子到达的时候便怎样?”

“火箭燃着了，也许没有烧尽。农民暂时是不很爱听这些煮羹汤的人们的话语的。”

“所以这只瓦拉安姆的驴子想了又想，鬼知道，他自己要想到什么地步上去。”

“他在积蓄思想，”——伊凡冷笑着。

“你瞧，我知道他不把我看在眼里，对于一切别的人也是一样：而对于你也差不多，虽然你觉得他‘想起尊敬’你来。阿莱莎更不用提，他十分贱视阿莱莎。但是他不偷东西，不造谣言，默不作声，不把家里的丑事传扬出去。他擅长于烤鱼肉馅的发面饼。管他娘的什么事，老实说，还值得多讲他的事情么?”

“自然不值得。”

“至于说到他自己心里所想的一些事，那末大致说来，俄罗斯的农民是应该挨打的。我永远是这样的主张。我们的农人全是骗子。犯不上怜惜他，幸而现在有时还要打他们几顿。俄国的土地所以坚固，是为了富有桦树。树木伐尽，俄国的土地便完了。我拥护聪明的人们。我们停止殴打农人，由于聪明些的原因，而他们还继续自相殴打，做的正是好事。‘我们用什么尺寸量人，人家就用同样尺寸量我们，’或是另外一种说话……总而言之：会量我们的。俄罗斯是像猪猡一般的粗野，我的朋友，你要知道我如何仇恨俄罗斯……并不是仇恨俄罗斯，而是仇恨所有这些罪恶……或者也许仇恨俄罗斯。Tout Cela c’est de la cochonnorie.（这全是猪猡腔。）你知道我爱什么？我爱的是机智。”

“你又喝了一钟酒。你够了。”

“等一等，我再来一杯，又来一杯，以后就不喝了。不，你等着，你打断了我的话头。在莫克洛叶经过的时候，我问过一位老者，他对我说：‘我们最爱揍打判罪的姑娘们，还让青年伙子们去揍打。明天，那个青年伙子便把他揍打的那个姑娘娶做媳妇，所以姑娘们自身对于这也正合意。’你以为那些德萨特侯爵（Marqu’s de Sade）[①] 怎么样？随便你怎么说，那总是极巧妙的事情。我们也可以去看一看，好么？阿莱莎，你脸红了么？不要害臊，孩子，可惜我刚才没有在方丈那里坐下吃饭，不能把莫克洛叶的姑娘们的故事讲给僧士们听。阿莱莎，你不要生气，我刚才把你的方丈得罪了。一股恨意占据我的心头。假使上帝是有的，存在的，——我自然有错处，应该受过。假使并且没有上帝，那末他们，你的那

---

① Marquis de Sade 是十八世纪末法国专著猥亵小说的作家。Sadism 这个字的来源由此而来，意指与残虐相联结的淫荡行为。

些神甫们还有什么需要呢？那时候把他们的脑袋瓜子摘下来还是小事，因为他们阻碍发展。伊凡，你相信不相信，这一切触伤我的情感。不，你是不相信的，因为我从你的眼睛就看了出来。你相信人家说我只是一个丑角。阿莱莎，你相信我不单是一个丑角么？”

“我相信你不单是一个丑角。”

“我相信你在相信，而且诚恳地说话。你诚恳地看人，诚恳地说话。伊凡却不是的。伊凡很傲慢……我到底愿意把你的修道院解决一下。应该把这一切神秘在整个俄罗斯地方一下子全行废除，让一切愚人都醒悟转来。可以有多少金银送到造币厂去！”

“为什么废除呢？”——伊凡说。

“就为了使真理迅快抬头，就为了这个。”

“在真理抬头的时候，首先将把你们的财产抢劫一空，以后……再去废除。”

“啊！你的话也许很对。我真是一只驴子，”——费道尔·伯夫洛维奇忽然喊起来，轻轻地击打自己的额角，——“既然这样，就让你的修道院站在那里好了。我们聪明人可以暖暖和和地坐着，享受白兰地酒。伊凡，你知道大概上帝自己一定故意这样安排着的。伊凡，你说：有没有上帝？你等着：你应该确切地说，正经地说，你为什么又笑了？”

“我笑的是你刚才自己还对于司米尔加可夫相信有

两个会移山的长老存在着的事情说出极巧妙的话。”

“那末现在我像他么?”

“很像。”

“如此说来，我也是俄罗斯人，我也有俄罗斯人的特点，而你这哲学家，我也可以把你在同样的特点上捉住的。如果你愿意。我可以捉住的。我敢打赌，明天就可以捉住。你到底说一说：有没有上帝？只是正正经经地说！我现在希望你正经地说话。”

“不，没有上帝。”

“阿莱莎，有没有上帝?”

“有上帝。”

“伊凡，有没有那种灵魂不死的事情，那怕是很小的，一点点的。”

“没有灵魂不死的事。”

“一点也没有吗?”

“一点也没有。”

“那就是完全的零数，或是稍稍有一点。也许稍稍有一点么？到底不是一点也没有呀!”

“绝对的零数。”

“阿莱莎，有没有灵魂不死?”

“有的。”

“上帝和灵魂不死都有的么?”

“有上帝，也有灵魂不死。灵魂不死就在上帝里面。”

“唔。伊凡大概是对的。天呀，只要想一想，有多少人信仰着，有多少力量白白的费在这幻想上面，而且几千年来都是如此：谁在这样取笑着人们？伊凡？我最后一次坚决地问：有上帝没有？我这是最后一次！”

“最后一次说没有。”

“谁在取笑人呢，伊凡？”

“大概是鬼，”——伊凡·费道洛维奇冷笑了。

“鬼有没有？”

“不，鬼也没有。”

“可惜。既然这样，我真要和那个首先想出上帝来的人过不去！在苦杨树上把他吊死还嫌少。”

“如果没有想出上帝，便完全不会有文化发生的。”

“不会有的么？没有上帝不会有的么？”

“是的，连白兰地酒也不会有的了，这瓶白兰地酒到底不能不从你那里取开。”

“等一等，等一等，亲爱的，再喝一杯。我得罪了阿莱莎。你不生气么，阿莱莎？我的亲爱的阿莱莎，小阿莱莎！”

“不，我不生气。我知道您的意思。您的心比脑筋好。”

“我的心比脑筋好么？天呀，这话是谁说的呀？伊凡，你爱阿莱莎么？”

“我爱的。”

“你应该爱他。”——费道尔·伯夫洛维奇醉得利害起来了。——“我刚才对你的长老做出了野蛮的举动。但是我的心神很骚乱。这位长老颇有点聪慧，你以为怎样，伊凡。”

“大概有的。”

“有的，有的。Il y a du Piron La'-dédans.① 他是诡辩家，自然是俄国式的。以他这样高贵的身份，在他的心里沸腾着一种隐秘的愤恨，为了必须做戏……必须披上一件神圣的外套。”

“但是他信上帝。”

“一点也不信。你不知道么？他自己对大家说的，自然不是对大家，却是对一切来看他的聪明人们说的。他对总督舒里次直说：老实说，我不知道信什么。”

“真的么？”

“就是这样。但是我尊敬他。他这人有点梅菲斯托佛②的气派，或是现代英雄③里的角色。……阿尔白宁，是不是那个……你要知道，他是好色之徒；他好色得使我现在都要替我的女儿，或妻子担忧，假使她到他面前

① 他有点披郎的味道。（披郎为十八世纪法国讽刺作家。）

② 哥德浮斯脱里的人物。

③ 芮尔蒙托夫 Lermontov 的长篇小说。

去忏悔。你知道，他开始叙讲时是甚么样子……前年他叫我们到他那里去喝茶，还带着蜜酒，（女太太们送给他的，）他就开始描画陈旧的故事，使我们的小肚子都笑穿了……他特别把一个软弱的女人治愈了。‘如果不是脚痛，我可以给您跳一次舞。’他从商人台米道夫那里弄了六万卢布。”

“怎么，偷的么?”

“那个商人把他当作好人一般地送来，说道：‘请你保存一下，我家里明天有人来搜查。’他就收下来保存了。后来他说：‘你是捐给教会的呀。’我对他说：你真是坏人。他说：不，我不是坏人，我很广阔……然而这不是他……而是别人。我弄错了人……竟没有注意。让我再喝一杯，就够了，你把瓶子拿开罢，伊凡，我扯谎，为什么你不阻止我呢，伊凡……你何以不说我扯谎?”

“我知道你自己会止住的。”

“你胡说，你这是为了恨我，为了唯一的恨念。你贱视我。你到我的家里来，就在我家里贱视我。”

“我会离开的，白兰地酒使您不得劲。”

“我用基督的名请你到切尔马士娜去一趟……一两天功夫，你却不去。”

“明天就去，既然你这样坚持。”

“你不会去的，你要在这里监视我，这是你所想的，你这坏灵魂，为了这个你不肯去!”

老人的嘴禁闭不住了。他到了那种酒醉的程度，即使是平素静肃的人们喝到这程度，一定也要发脾气，表现自己的。

“你望我做什么？你的眼睛什么样子？你的眼睛望着我，在那里说：‘你真是一只酒桶。’你的眼睛可疑，你的眼睛可疑。……你来到这里，心里怀着自己的主意。你瞧，阿莱莎看人时，他的眼睛是发光的。阿莱莎不贱视我。阿莱莎，你不应该爱伊凡……”

“您不必对哥哥生气！您不要气他，”——阿莱莎忽然坚决地说。

“也许我是这样。啊呀，头痛呀。伊凡，你把白兰地拿开，我说了第三次了。”——他沉思了一下，忽然发出长长的，狡诈的微笑。——“伊凡，不要对衰弱的老人生气。我知道你不爱我，不过到底不要生气。没有可爱我的地方，你到切尔马士娜去一趟，我自己也要去，带点食物送给你。我到那里把一个女孩指给你看，我早就看上她了。现在她还是一个赤脚的女人，不要怕赤脚女人，不要看不起她们，——他们是真珠！……”

他吮吻自己的手。

“在我的一方面，”——他忽然全身活泼起来，刚刚遇到了一个心爱的题目，便似乎一下子清醒了，——“在我的一方面……唉，你们这些小孩子们！你们这些小孩子，小猪猡！在我的一方面……我一辈子也没有遇见过丑陋的女人，这是我的规矩！你们能明白么？你们从那里去明白：你们的脉管里流的不是血，而是乳，你们还没有脱去壳皮！照我的章程，一切女人身上都可以找到极有趣的一点东西，是在别的女人身上找不到的，——只是必须会去寻找，花巧就在这上面！这是一种天才！丑妇对于我是不存在的。只要她是一个女人，那就已经得了一半……你们从那里去明白这个！即使在老处女身上也可以找到一点东西，惟有使你对于一些傻瓜们发生惊奇，怎么会让她老下去，而至今没有注意到？赤脚女郎和丑女人应该先使他们吃惊一下，这是向她们进攻的一种方法。你不知道么？应该使她吃惊到欣悦，钻心，羞耻的地步，意思是居然有一个老爷会爱上像她这样的一个丑女人。十分有趣的，是世界上永远有奴隶和主人，那就永远有洗地板女人，永远有她的主人，而人生的幸福也就在此！等一等……阿莱莎，你听着，我永远会使你的故世的母亲吃惊，不过是出于另外的一类事情。我从来不和她亲热，忽然在时间临到的时候，——忽然在她前面好像全身散碎一般，跪在地上爬走，吻她的脚，把她弄到，永远把她弄到，——现在我还记得清楚，——弄到发出一种小小的笑声，细碎的，响亮的，不高的，神经质的，特别的笑声。只有她有这样的笑声。我知道她这个样子就要起始发病了，明天她就会发作歇司底里病，现在这种小小的笑声并不见得有什么欢乐，不过那怕就是欺骗也总算是欢乐。这就是所谓懂得在一切东西里寻找出特点呀！有一切白略夫司基，——一个美男子，富有家资，追求她，常到我家里来，——忽然在我家里，当着她的面，打了我一记嘴巴。她本来是一只绵羊，——我心想她为了这记嘴巴会来打我，她实在攻击我很利害。她说‘现在你是挨过揍的人，挨过揍的人，你挨到他一记巴掌：你把我卖给他了。……他怎么敢当着我面前打你！你永远也不要到我这里来，永远也不要到这里来！你立刻就跑去，叫他出来决斗’……当时为了使她安静下来，我把她带到修道院里去，由神甫们开导了一下。上帝在上，阿莱莎，我从来没有把我的歇司底里病女人得罪过！有一次，只有一次。还在第一年上：她当时祷告得十分勤，特别注意圣母的节目，把我赶到书房里去睡。我心想，让我把这神秘从她身上驱赶走了！我说：‘你瞧，这是你的神像，现在我把它摘下来。你瞧，你把你当作奇迹的创造者，我现在就当你面前朝这神像吐涶，而我决不会有什么事情发生的！……’她看见了我一眼，天呀，我想：她现在就要打死我，但是她只是跳跃起来，摇摆着手，忽然用手掩面，全身发抖，到在地板上面……就这样倒了下去……阿莱莎，阿莱莎！你是怎么啦，你是怎么啦！”

老人惊吓得跳了起来。阿莱莎自从他讲起他的母亲来的时候起，就渐渐变了脸色。他脸红，眼睛炽烧，嘴唇抖索……酒醉的老人在唾沫四濺地说话，一点也没有觉察出来，直到阿莱莎忽然发生了一点很奇怪的动作为止，那时候阿莱莎忽然重复着和他刚才所叙讲关于“歇司底里病女人”完全相同的行动；阿莱莎忽然从桌傍跃起，和他母亲一模一样地摆手，掩脸，倒在椅上，像被砍倒似的，忽然全身抖索，发出歇司底里性的动作和突来的，战栗的，无声的泪。这动作的逼似母亲，使老人特别地吃惊。

“伊凡，伊凡！拿水给他喝。这是她，和她一模一样，像她母亲当时一样，你从嘴里对他喷水，我也是对她这样治法的。他这是为了他的母亲，为了他的母亲……”他对伊凡喃语。

“你要知道，他的母亲也就是我的母亲，你以为对不对?”——伊凡忽然用抑止不住的，怒气勃勃的贱蔑的神情爆发了出来。

老人看见他的熠耀的眼光，抖索了一下。但是这里发生了一点很奇怪的事情，自然只有一秒钟的工夫：老人确乎好像忘记阿莱莎的母亲就是伊凡的母亲……

“怎么是你的母亲?”——他莫明其妙地喃语着，——“你是为了什么？你讲的是那一个母亲？……难道她就是……哎呀，见鬼！她就是你的母亲！哎呀，见鬼！这是一时的糊涂，对不住，我以为伊凡……哈，哈，哈!”

他止住了。长长的，酒醉的，一半无意义的冷笑牵动他的脸。在这时候外屋里忽然发出可怕的喧响，听见疯狂的呼喊，门敞开了，特米脱里·费道洛维奇闯进大厅里来。老人惊吓得奔到伊凡身傍。

“他要杀死我，他要杀死我！你不要让他，不要让他杀我！”——他叫喊着，两手抓住伊凡·费道洛维奇的上褂的衣缘。

第九章 好色之徒

格里郭里和司米尔加可夫随着特米脱里·费道洛维奇跑进大厅里来。他们在外屋里就和他争斗，不放他进去，（为了费道尔·伯夫洛维奇自己在几天以前所下的训令。）格里郭里利用特米脱里·费道洛维奇闯进大厅时站立一会，向四周张望的机会，绕桌跑过去，把两扇和外门相对，通到内室去的门关上，立在关紧的门前，两手交叉胸前，准备保卫门口，直到所谓最后的一滴血为止。特米脱里看见这情形，不只是喊叫，甚至似乎尖叫了一声，奔到格里郭里方面来。

“这末说，她在里面！她藏在里面！滚开！混蛋！”

他去拉扯格里郭里，但是格里郭里推了他一下。特米脱里愤怒到不可自持的地步，用全力打了格里郭里一下。老人像被砍倒似的落下地去，特米脱里跨过他的身子，抢进门里去。司米尔加可夫留在大厅里的另一头，脸色惨白，身体战栗，紧紧地缩在费道尔·伯夫洛维奇身傍。

“她在这里!”——特米脱里·费道洛维奇喊——“我刚才自己看见她折到这房子那里，不过我没有追上。她在那里？她在那里？”

“她在这里!”的一声呼喊使费道尔·伯夫洛维奇发生不可思议的印象。惧怕完全从他身上跃走了。

“抓住他，抓住他!”——他咆哮着，冲到特米脱里·费里洛维奇面前。

格里郭里那时候已经从地板上立起来，却还好像没有醒转来似的。伊凡·费道洛维奇和阿莱莎跑去追父亲，在第三间房内忽然听见似乎有什么东西落在地板上面，砸碎了，发响：原来在大理石的木架上有一只大玻璃瓶，(不是价贵的）特米脱里·费道洛维奇跑过来时碰撞了一下。

“把他抓住，”——老人喊叫，——“救命呀！……”

“你为什么追他！他真的会杀死你的!”——伊凡·费道洛维奇向父亲怒喊。

“伊凡，阿莱莎，她一定在这里。格鲁申卡一定在这里，他说他看见她跑过来的……”

他啜泣了。这次他并没期等候格鲁申卡，忽然得到了她在那里的消息，一下子使他的脑筋错乱了，他全身抖战，似乎发狂的样子。

“但是你自己看见她并没有来呀!”——伊凡喊。

“也许从那个门进来的。”

“那个门关上了，钥匙在你那里……”

特米脱里忽然又在大厅里发现了。他自然发现那个门是锁住的，而锁住的门的钥匙确乎放在费道尔·伯夫洛维奇的口袋里面。各屋的窗也全部关着；所以格鲁申卡既无从进来，也不能跳出去。

“抓住他！”——费道尔·伯夫洛维奇刚刚又看见了特米脱里，便尖叫了，——“他在我的卧室里把钱偷走了！”——他挣脱伊凡的手，重又奔到特米脱里身上来。但是特米脱里举起了两手，忽然抓住了老人的两截仅存在鬓上的头发，扯了一下，砰礴一声，把他击倒在地上。他还用靴跟朝躺下的人的脸上又叩击了两三次。老人锐厉地呻吟了一声。伊凡·费道洛维奇虽然没有像他老兄特米脱里样有力，竟两手抓了他，用全力把他扯离老人的身旁。阿莱莎也用尽气力帮他的忙，从前面抱住特米脱里。

“疯子，你杀死他了！”——伊凡喊。

“这是他活该。”——特米脱里喘着气叫喊，——“这次没有杀死他，我还会来杀的。你们防备不了。”

“特米脱里！立刻离开这里！”——阿莱莎威严地喊。

“阿莱克谢意；你独自对我说，我相信你一个人：她刚才来到这里没有？我自己看见她刚才从胡同的篱笆那边溜到这里来。我喊了一声，她跑走了……”

“我对你赌詈，她这里没有来过，并没有人在这里等候她。”

“但是我看见她……那末说她……我立刻就可以打听出来，她在那儿……再见罢，阿莱克谢意，关于银钱，现在不必对叶作勃提起，立刻就到卡德邻纳·伊凡诺夫纳那里去一趟？‘吩咐我问候，吩咐我问候，问候！一定应该问候，问候！’把这幕戏对她描写一下。”

当时伊凡和格里郭里把老人抬起，放在躺椅上面。他的脸上满是血渍，他自己却清醒着，贪婪地倾听着特米脱里的呼喊。他还以为格鲁申卡真的在屋内什么地方坐着。特米脱里·费道洛维奇临走时怨恨地看了他一眼。

“对于你的流血我并不后悔，”——他喊——“你当心点，老头子。你应该保守幻想，因为我也有幻思！我自己诅詈你，和你完全断绝……”

他从屋内跑了出来。

“她在这里，她一定在这里！司米尔加可夫，司米尔加可夫，”——老人微声喘息，用手指招唤司米尔加可夫。

“她没有在这里，你这疯狂的老头子，”——伊凡恨恨地朝他呼喊，——“他晕过去了！拿水来，手巾。快去，司米尔加可夫！”

司米尔加可夫跑去取水。大家给老人脱去了衣裳，抬到卧室里。放在床上。用湿手巾扎住他的头。他由于白兰地酒，由于强烈的感觉，又挨了一顿打，身体十分的衰颓，刚刚触着枕头，立刻闭上了眼睛，忘记了一切。伊凡·费道洛维奇和阿莱莎回到大厅里来。司米尔加可夫把打碎的玻璃瓶碎片收拾出去。格里郭里站在桌傍，阴沉地垂下眼皮。

“要不要在你的头上放上湿绷带，好不好你也到床上躺一会，”——阿莱莎对格里郭里说，——“我们会在这里看他；我哥哥打得你很痛……朝你的头上。”

“他欺侮我！”——格里郭里阴沉而且清晰地说。

“他把父亲也‘欺侮’了，不要说你啦！”——伊凡·费道洛维奇说，歪斜着嘴。

“我曾在水槽里给他洗澡……他竟欺侮我！”——格里郭里重复着。

“见鬼，如果我不把他分开，也许他真会杀死人的，叶作勃还受得了许多么！”——伊凡·费道洛维奇对阿莱莎微语。

“上帝保佑！”——阿莱莎喊。

“保佑什么？”——伊凡还是继续微语，恨恨地弯曲着脸。——“一条毒蛇吞噬另一条毒蛇，两人走的是一条路！”

阿莱莎抖索了一下。

“我不致使杀案成事实，就像现在不让它发生似的。

阿莱莎，你留在这里，我到院子里去走一走，我头痛起来了。”

阿莱莎走进父亲的卧室里去，坐在屏风后面枕头旁边大约一小时功夫。老人忽然张开眼睛，长久沉默地望着阿莱莎，显然在那里思索和考虑。不寻常的惊慌忽然在他的脸上表现了。

“阿莱莎，”——他畏葸地微语，——“伊凡在那儿?”

“在院子里，他头痛。他看护着我们。”

“你把小镜子取来，就在那边放着，你去取来!”

阿莱莎递给他一面放在五屉柜上，可以折叠的小圆镜子。老人照了一下；鼻子肿得很厉害，左眉额角上有一大块紫血冻。

“伊凡说什么?阿莱莎，亲爱的，我的唯一的儿子，我怕伊凡；我怕伊凡，比怕那人还厉害。惟有你一个人我不怕——”

“你不必怕伊凡，伊凡好生气，但是他会保护你的。”

“阿莱莎，那人呢?他跑到格鲁申卡那里去了！亲爱的安琪儿，你说实话：刚才格鲁申卡来过没有?”

“谁也没有看见她。那是欺骗，她没有来!”

“米奇卡打管娶她，娶她!”

“她不会嫁给他的。”

“不会的，不会的，不会的，不会的，无论如何不会的……”老人喜悦得全身发颤，在这时候是好像没有人说出比这快乐些的话语来的了。他喜欢得抓住阿莱莎的手，紧紧地把它放在自己胸前。他的眼内甚至有泪水晶莹着，——“那个神像，圣母的，你拿了去，带走。我准你回到修道院去。……刚才我是开玩笑，你不要生气。我头痛，阿莱莎……阿莱莎，请你安慰我的心，做做好事，说句实话罢！”

“你还在问，她来过没有的话么?”——阿莱莎悲感地说。

“不，不，不，我相信你，另外有一件事情：你亲自到格鲁申卡那里去一趟，或是怎么样见她一面；你快详细问一问她，越快越好，用自己的眼睛猜一下；她愿意到谁那里去，我还是他？好不好？怎么样？你能不能?”

“只要我见到她，会问的，”——阿莱莎怀惭地喃声说。

“不，她不会对你说的，”——老人插上去说，——“她是一个坏蛋，她将开始和你接吻，说她想嫁给你。她是骗子，无耻的女人。不，你不能到她那里去，你不能的！”

“而且也不好，爸爸，不很好的。”

“他跑走的时候叫你去一趟，那是打发你到那里去?”

“打发我到卡德邻纳·伊凡诺夫纳那里去。”

“取钱么？借钱么？”

“不，不是取钱。”

“他没有钱，没有一点钱。阿莱莎，让我躺一夜，仔细想一想，你先去罢。也许你可以遇见她……不过明天早晨你一定要到我这里来；一定要来的。我明天对你说一句话；你来不来？”

“来的。”

“你如果来，应该做出自己来的样子！自己来看我。你不要对任何人说我唤你来的，对伊凡也一句话不要说。”

“好罢。”

“再见罢，安琪儿，刚才你替我出头，我是一辈子也忘不了的。我明天要对你说一句话……不过还要想一想……”

“你现在觉得怎样？”

“明天，明天就起床走路，完全健康，完全健康！……”

阿莱莎在院里走过，遇见伊凡哥哥坐在大门旁边长椅上面：他在那里用铅笔在一本记事簿上写。阿莱莎告诉伊凡，老人醒了，神志很清，打发他回到修道院去睡宿。

“阿莱莎，我很愿意和你明天早晨见一下，”——伊凡，立起来，客气地说，——这客气对于阿莱莎甚至是完全出于意料的。

“我明天要到霍赫拉阔瓦家里去，”——阿莱莎回答，——“我也许明天还要到卡答邻纳·伊凡诺夫纳那里去，假使现在遇不到他……”

“你现在还是要到卡答邻纳·伊凡诺夫纳那里去么?那就是去‘问候，问候’么?”——伊凡忽然微笑。阿莱莎不好意思起来。

“刚那句呼喊，还有以前的一切，我大概全都明白了。特米脱里一定请你到她那里去一趟，传一句话，说他……唔……唔……总而言之，是‘告别’的意思，对不对?”

“哥哥?父亲和特米脱里中间一切可怕的事情将怎样完结呢?”——阿莱莎喊。

“没有法子猜出来。也许一无结果；这件事情就飘浮走了。这个女人是一只野兽。无论如何，应该把老头子留在家里，特米脱里不放进屋里来。”

“哥哥，容我再问一句；难道每个人都有权利看着别人，自己决定：谁值得活下去，谁不值得再活下去么?”

“为什么在这上面搀上值得不值得的决定?这个问题在人们的心里决定时，时常不根据价值，而根据别种比较自然的原因。至于权利一层，那末谁没有愿望的权利呢?”

“怕不是愿望别人的死么?”

“即使是死便怎样呢?为什么对自己说谎,当人们大家全这样生活着,也许还不能过另一种生活的时候?你这句话是与我刚才所说:‘两条毒蛇互相吞噬’的话有关的,是不是?那末请容我问你一句:你是否认为我和特米脱里一样能以使叶作勃流血,那就是能杀死他?”

“你怎么啦,伊凡!我的脑筋里从来没有生过这种念头!就是特米脱里我也不认为……”

“谢谢你说这句话,”——伊凡冷笑了一声,——“你要知道,我永远在保护他。然而在我的愿望里,我给自己保留着在这件事情上完全的自由。明天见罢,你不要责备我,不要把我看作一个恶徒,”——他微笑地补说。

他们互相紧紧地握手,是以前永远没有的事。阿莱莎感到哥哥首先自己向他的方面跨了一步,而他这样做是为了什么目的,一定具有某种用意。

第十章 两人在一起

阿莱莎从父亲的家内出来，怀着比刚才走进父亲家里时更甚些的失望和懊丧的心情。他的脑筋也似乎是零乱散漫的，同时他自己感到他怕将散漫联结起来，怕从今天所遭受到的一切痛苦的矛盾上面摘取综合的思想，有一点几乎和绝望相邻，这是阿莱莎的心里从来没有过的。一个主要的，运定的，无从解决的问题像一座山似的高临在一切之上：父亲和特米脱里哥哥为了这可怕的女人所生的一切事将得到什么结果？现在他自己已做了证人。他自己身临其境，看见他们两人面对在一起。然而惟有特米脱里哥哥能成为不幸的，完全而且可怕地不幸的人。有无疑的灾害守候着他。还有些别人和这一切发生关系，也许比阿莱莎以前所能想像的还多些。发生了一点甚至神秘的事。伊凡哥哥对他走了一步，这本是阿莱莎以前深愿的，而现在自己不知为什么缘故感到这接近的一步竟使他惧怕。至于女人呢？奇怪的事：他刚才动身到卡德邻纳·伊凡诺夫纳那里去时，怀着过度的不安，现在却毫无所感；相反地，还自己忙着到她那里去，好像期待向她寻求指示。但是现在将所嘱托的事转达给她一层，显然已比刚才困难些：三千卢布的事情，已经完全决定，特米脱里哥哥现在感到自己是毫无希望的，至不幸的人，自然任何堕落的举动都不辞一干的。况且他也曾叫他把刚才在父亲那里所发生的一幕戏传给卡答邻纳·伊凡诺夫纳听。

已经七点钟，天色发黑，阿莱莎走到卡德邻纳·伊凡诺夫纳那里去。她在大街上租了一座很广阔舒适的房子。阿莱莎知道她和两位婶母同住。内中一位只是阿格菲亚·伊凡诺夫纳的婶母，就是那个在她父亲家中住着，没有学问的女太太，在她离开学校回家时同她姊姊一块儿服侍她的。另一位婶母是一位身体累重，态度庄严的莫斯科的太太，虽然也是贫寒出身。听说她们两人一切服从卡德邻纳·伊凡诺夫纳，伴在她身边只是为了一种仪式。卡德邻纳·伊凡诺夫纳只服从自己的恩主，将军夫人。她因病留在莫斯科，卡德邻纳·伊凡诺夫纳必须每星期寄两封信给她，详细报告自己的一切情况。

阿莱莎走进外屋里，请替他开门的女仆通报的时候，大厅里显然已经知道他的来到，（也许从窗里看到的，）不过阿莱莎忽然听见一阵响闹，听见女人跑步的声音，衣裳的嗦嗦声，也许有两三个女人跑了出来。阿莱莎觉得怪奇的是他的来到竟能引起这样的惊慌。但是他立刻就被引进大厅里去。那间屋子很大，摆设些华美而且件数极多的家具，完全不是外省的式样。有许多沙发和软凳，大小茶几；床上挂着画，桌上放着花瓶和洋灯，有许多花，窗傍甚至还放着一只金鱼缸。暮色中屋内有一点黑暗。阿莱莎瞥见在显然刚刚有人坐过的长沙发上面摆放着一件绸制的短外套，沙发前面桌上有两杯没有喝完的巧古立茶，饼干，一只水晶盆里放着蓝色的葡萄干，另一只盆放着糖果。他们在款待什么人。阿莱莎猜着他遇到了宾客便皱起眉头。但是帘子一下子举了起来，卡德邻纳·伊凡诺夫纳快步走了进来，带着快乐欢欣的微笑朝阿莱莎伸出两手。就在这时候女仆拿进两支点着的蜡烛，放在桌上。

“谢天谢地，到底您来了！我整天向上帝祷告，希望您一个人来。请坐呀。”

卡答邻纳·伊凡诺夫纳的美貌以前就使阿莱莎惊讶，当特米脱里于三星期以前，依照卡德邻纳·伊凡诺夫纳自己的热烈的意愿，引他初次介绍相见的时候。那次会面时，他们中间的谈话不很热闹。卡德邻纳·伊凡诺夫纳心想阿莱莎十分怕羞，似乎饶恕他，一直同特米脱里·费道洛维奇说话。阿莱莎沉默着。但是看清很多的事情。使他惊讶的是这傲慢的女郎的权威的举止，高傲的潇洒自如的样子，和自信力。这一切是毫无疑义的。阿莱莎感到他并不夸张。张发现她的发烧的巨黑眼很美丽，对于她的惨白的，甚至带点淡黄的椭圆形的脸应特别相称。但是在这眼睛里，正和美丽的嘴唇的曲线里一样，有一点自然可使他的哥哥剧烈的爱恋，却也许不能长久地相爱的东西。特米脱里在会面后缠住他，恳求他不要隐瞒他见到未婚妻后所取到的是何种印象，他几乎直率地把自己的意思对特米脱里表示出来。

“你同她会有幸福的，但是……也许……是不安静的幸福。”

“对呀，这样的人仍将成为这样的人，他们不会屈服于命运之前。你以为我不会永久地爱她么？”

“不，也许你会永久地爱她，但是也许你不会永远同她有幸福。”

阿莱莎说出自己的意见的时候涨红着脸，不满意自己，因为他竟循了哥哥的请求，表示出这样“愚蠢”的意思来。他在说出来以后，立刻自己觉得这意见愚蠢得可怕。而且这样权威地表示对于女人的意见也未免可羞。现在他怀着更大的惊讶，在初看跑进来的卡答邻纳·伊凡诺夫纳一眼的时候，感到也许他当时是很错误的。这一次她的脸上露出不虚伪的，坦白的善意。从以前那种使阿莱莎十分惊讶的“骄傲的侮慢”里，现在只发见一种极勇敢的，高贵的毅力，和某种明晰的，有力的自信。

阿莱莎初看她一眼，并且说出第一句话来，就明白她对于她如此爱恋的男人所处的地位的悲剧性，在她的方面已非一种秘密，她也许已经完全知道，根本完全知道。虽然如此，在她的脸上仍有如许光明，如许对于未来的信心。阿莱莎感到自己在她面前忽被成为正经而且故意地犯了错误的人。他一下子被征服而且迷惑了。此外，他从她说出第一句话里就看出她处于十分强烈的兴奋状态中，——也许是很不寻常的，几乎甚至近乎某种欢欣的兴奋状态。

“我所以等候您，因为我现在只有从您的一方面可以打听出一切实在的话来，——从别人那里是无论如何得不到的！”

“我来了……”阿莱莎喃声说，弄得错乱了，——“我……他打发我来的……”

“啊，他打发你来的，我早就预感到了。现在我全都知道，全都知道！”——卡德邻纳·伊凡诺夫纳喊，眼睛忽然闪出光采，——“您等一等，阿莱克谢意·费道洛维奇，我预先对您说，为什么我这样等候您。您看，我也许甚至比你还知道得多；我并不需要您那方面的报告。我需要于您的是这事件：我必须要知道您对于他个人的，本身的最后印象是什么，我需要您对我讲述，用极直爽的，不加修饰的，甚至是粗鲁的形式，（随便怎样粗鲁都行，）对我叙讲，——您自己现在，在他同您今天相遇以后，对于他和他的状况怎样看法？这也许比我自己去和他当面解释好些，而他是不愿再到我这里来的了。您明白不明白，我希望于你的是什么？现在，请问您，他打发您到我这里来有什么事情，（我也早就知道他会打发您来的，）——请您随便说话，说出最后的话来！……"

"他吩咐向您……致候，他说，再也不到您这里来……所以和您问候。"

"问候么？他是这样说的，这样表示的么？"

"是。"

"也许偶然，不经意地，说错了话，没有放上应该说的话？"

"不，他就是这样吩咐的，他叫我一定要转达'问候'的一句话。还三次请我不要忘记了转达。"

卡答邻纳·伊凡诺夫纳脸红了。

"现在请你帮我的忙，阿莱克谢意·费道洛维奇，现在我需要您的帮助？我将对您说出我的意思，而您只要对我说，我想得对不对？假使他的吩咐向我问候是偶然的，不坚持转达这句话，不着重在这句话上，那末一切都完了……一切都无可挽回！但是假使他特别坚持这句话，假使他特别要托您不要忘记将这问候转达与我，——这么说来，他是处于兴奋的心情之下，也许不能自持着。他有了决定，还怕那决定！他不是举着坚定的步伐离开我，却是从山上飞跃了下来。他的着重这句话也许是表示一种夸大口的意思……”

“是的，是的！”——阿莱莎热烈地证实着，——“我自己现在也这样想。”

“既然这样，他还没有丧亡！他只是处于绝望的境地，我还能救他。等一等：他没有告诉您关于钱的事情，三千卢布的事情么?”

“不但说过，而且也许还使他最受挫折。他说他现在丧失了名誉，现在已经是无所谓的了，”——阿莱莎热烈地回答，从全心灵里感到希望灌输进他的心里，也许果真对于他的哥哥有了出路和救星，——“但是，难道……您已经知道关于钱的事情么?”——他补上去说，忽然呆顿住了。

“我早就知道，知道得很清楚。我曾发电到莫斯科去询问，早就知道钱没有收到。他没有汇出去。但是我没有说话。在最后的一星期内，我打听出来，他还需要钱，……我想尽方法，只为是使他知道，应该到谁那里去开口，谁是他最忠实的朋友。不，他不愿意相信我是他最忠实的朋友，不愿认识我，他只把我当作一个女人。整个星期内，有一种可怕的烦虑磨折着我；用什么方法，使他不为了耗用三千块钱而对我羞惭?那就是说可以对别人，对自己羞惭，而不对我羞惭。他对于上帝是一切和盘说出没有羞惭的。为什么他至今还不知道，为了他，我能忍受一切？我打算救他一辈子。他可以忘记我，不把我当作未婚妻！他居然在我面前为了自己的名誉担忧！然而他竟不怕对您直说出来，阿莱克谢意·费道洛维奇！为什么我至今还够不上这资格呢？”

最后的几句话她包着眼泪说出来；泪水从她的眼睛里溅了出来。

“我应该告诉您，”——阿莱莎用也是抖索的声音说，——“告诉您刚才他同父亲所发生的一桩事情。”——于是讲述那出戏，讲他如何被打发去要钱，特米脱里如何闯了进打了父亲一顿，以后又特别坚持地要求他，阿莱莎向她“问候”……“于是他到那个女人那里去了”……——阿莱莎轻声补上这句话。

“您以为我不能忍受这个女人么？他以为我不能忍受么？但是他不会娶她的，”——她忽然神经质地笑起来，——“难道卡拉马助夫能永远炽烧着这种情欲么？这是欲，不是爱。他不会结婚，因为她决不嫁给他……”卡答邻纳·伊凡诺夫纳忽然又奇怪的冷笑了一下。

“他也许要娶的，”——阿莱莎悲愁地说，低垂着眼睛。

“他不会娶的，我对你说！这个女郎是安琪儿，您要知道！您要知道这层！”——卡答邻纳·伊凡诺夫纳忽然异常热烈地喊了，——“她是一个理想中理想的人物，我知道她能诱人，但是我知道她的性格善良，坚定，而且高贵。您为什么这样看我，阿莱克谢意·费道洛维奇？也许您奇怪我的话语，也许不相信我么？阿格拉菲纳·阿历山大洛夫纳，我的安琪儿！”——她忽然望着别一间屋子，对什么人喊起来，——“你快到我们这里来。阿莱莎来了。他是可爱的人。他知道我们一切的事情。您出来见他罢！”

“我就是在帘后等候您叫我呢，”——一个温柔的，甚至有点甜蜜的女人声音说。

帘子挑了起来，于是……格鲁申卡喜仔仔笑咪咪地走到桌旁。阿莱莎的心里好像有什么东西抽刺了一下。他钉看着她，不能挪开眼睛。她，这可怕的女人，——“野兽”——是半小时以前伊凡哥哥忽然脱口说出来的。但是在他面前站着的好像看来是一个极普通，极寻常的生物，——良善的，可爱的女人，也许是美丽的，但是很像所有别的，美丽的，却是“寻常”的女人！她确乎好看，甚至很好看，——俄罗斯式的美，是使许多人倾倒的美。她的身材充分高，却比卡答邻纳·伊凡诺夫纳矮些，（卡答邻纳的身材是完全高的。）她的肌肉丰满，带着柔软的，甚至似乎听不见的行动，好像也是柔软到一种特别甜蜜的程度，像她的声音一样。她走近来时，不像卡答邻纳·伊凡诺夫纳那样举着勇武有力的步伐；相反地，是无声响的。她的脚在地板上完全听不到。她柔软地坐在椅上，华丽的，黑绸的衣裳发出柔软的声响，像泉水般白的，肥满的头颈和广阔的肩膀美妙地包在贵重的，玄色的，羊毛的围巾里面。她年纪二十二岁，她的脸庞恰巧形容出这个年龄来。她脸色很白，带着两朵粉色的红润。她的脸部的轮廓似乎太阔，下颚甚至有点突出。上唇是细的，下唇稍为凸出些，加倍地肥厚，似乎发肿。但是十分美丽，丰富的，深黄色的头发，深色的，貂皮似的眉毛，美妙的青灰色眼睛。带着长长的睫毛，一定会使最冷淡和心神不属的人，甚至在人群里，游艺会上，众人践踏之间，也必止步在这人面前，永久记住她。在脸部上最使阿莱莎惊讶的是那种孩子般的，坦白的表情。她像孩子似的看人，像孩子似的表示欣悦，她真是“喜仔仔地”走到桌旁，似乎现在就在期待着什么事情，怀着孩子气的，极不耐烦的，信任的好奇心。她的眼神可以使心灵欢欣，——阿莱莎感到这一层。她的身上还有一点他不能，也不会加以理解，且也许是无意识地传给他的。那还就是那种温柔，行动的柔和，这些行动像小猫一般的无声无响。然而她有一个强健，丰满的躯体。围巾里露出广阔肥满的肩头，高耸而还十分年青的胸脯。这躯体也许暗示着米罗委纳司女神（Venus fo Milo）的模型，虽然现在已具有一点过大逾恒的比例，——这是可以预先感到的。俄国的女性美的行家，看着格鲁申卡，能够无错误地预言，这个新鲜的，还年青的美，到了三十岁的时候，将丧失和谐，消失了去，脸变成肥肿，眼端额上将很快地发现皱纹，面色变得粗糙，也许发紫，总而言之，那是刹那间的美，飞飘的美，是一切俄罗斯女人时常遇到的。阿莱莎自然没有想到这层。但是他虽然着了迷惑，却还是怀着一种不愉快的感觉，似乎怜惜似的自己询问：她为什么这样拉长话腔，不能自然地说话？她这样做法，显然在这字音和话语的拉长和勉强甜蜜的腔调里，发见了美。这自然只是不良兴趣的不良习惯，证明她受了低级的教育，和从孩提时起庸俗地理解到的对于礼貌的见解。但是这语气和说话的腔调，在阿莱莎看来，和那种孩子般天真的快乐的脸部的表情，和那种静谧的，像婴孩般幸福的，眼睛的光辉，是互相矛盾到近乎不可能的地步！卡答邻那·伊凡诺夫纳立刻把她放在阿莱莎对面的沙发上面，好几次欢欣地吻她的嘻笑的嘴唇。她好像恋上她了。

“我们初次相见，阿莱克谢意·费道洛维奇，”——她狂喜地说，——“我想认识她，看见她，我想到她那里去，但是她依从了我最初的愿望就自己先来了。我早就知道我同她可以解决一切，解决一切的！我的心得了预感。……有人劝我不要做这步骤。但是我须先感到了结果，并没有错误。格鲁申卡对我解释了一切，她的一切的用意；她像善心的安琪儿从上飞下，带来了安谧和喜悦……”

“您竟不轻视我，亲爱的，高贵的小姐”——格鲁申卡像唱歌似的拉长着调子说话，还带着和爱的，快乐的微笑。

“您不应该对我说这种话，你这女魔术家，你这美人儿！能轻视您么？我更吻您的下唇一次。您的嘴唇好像发肿，现在让它再肿些，再肿些，再肿些，……您瞧，阿莱克谢意·费道洛维奇，瞧着这样的安琪儿，真是心里快乐出来……”——阿莱莎脸红，发出看不出的，微细的抖索。

“您宠爱我，亲爱的小姐，也许我不配消受您的爱霭。”

“不配！她不配么？”——卡答邻纳·伊凡诺夫纳又热烈地喊了，——“您要知道，阿莱克谢意·费道洛维奇，我们是理想家的头脑，我们是自作主张的，骄傲里透出骄傲的小心儿！我们高贵，我们宽宏，阿莱克谢意·费道洛维奇，您知道不知道？我们只是不幸。我们太快就准备对于也许没有价值的，或轻浮的人作任何牺牲。也有这么一个军官，我们爱上了他，我们把一切供献给他，那是很久，五年以前，但是他忘掉了我们，他结婚了。现在他的妻子死了，写信来说要到这里来——而且您须知道，我们只爱他一个人，直到现在只爱他一个人，一辈子爱着！他一来，格鲁申卡又将有幸福，而这整整五年她是不幸的，但是谁能责备她，谁能以取得她的恩惠自夸？只有那个缺腿的老商人，——而他不过是我们的父亲，我们的知己，保护人。他当时遇见我们，正当我们处于绝望和痛苦之中，被我们所爱的人遗弃的时候……她当时竟想投水自杀，是那老人救她的，救她的呀！”

“您真是会替我辩护，亲爱的小姐，您对于一切事情都是这样匆匆忙忙的，”——格鲁申卡又拉直着调子说。

“是我辩护么？是不是该由我们来辩护，我们还敢辩护么？格鲁申卡，安琪儿，请你伸手给我，你瞧一瞧这只肥肥的，小小的，美丽的手，阿莱克谢意·费道洛维奇；你看那只手，她取来了幸福，她使我复活，我现在要吻它，手背，手掌，这样，这样，这样！”——她似在欢欣中三次吻着格鲁申卡确极美丽的，也许太肥胖的手。格鲁申卡伸出手来，挂着神经质的，响亮的，美妙的浅笑，注视这“亲爱的小姐”的行动，她对于她的手被人家这样吻着显然感到愉快。“也许，欢乐太多些，”——阿莱莎的头脑里闪出这念头。他脸红了。他的心一直似乎特别地不安。

“你当阿莱克谢意·费道洛维奇面前这样吻我，亲爱的小姐，你真是使我十分感到羞惭。”

“难道我想羞你么？”——卡答邻纳·伊凡诺夫纳有点奇怪的说，——“唉，亲爱的，你真是误解我了！”

“你也许也是不十分了解我，亲爱的小姐，我也许比你面前的那个样子坏得多。我心里是坏的，我喜欢自作主张。当时我把可怜的特米脱里·费道洛维奇迷住，只是为了嘲笑嘲笑而已。”

“现在你可以救他。你已经答应。你可以使他醒悟，你可以对他直说，你早就爱着别人，现在那人正向你求婚……”

“不，我并没有答应这句话。你自己对我说这一切，我并没有答应。”

“这么说来，我没有了解你的意思，”——卡答邻纳·伊凡诺夫纳轻声说，脸上似乎有点发白——“你答应过……”

“不，安琪儿小姐，我一点没有答应过你什么事情，”——格鲁申卡轻声而且安静地插断话头，照旧带着快乐和天真无邪的神情。——“高贵的小姐，现是你看得见，我在你面前是一个如何劣性和自作威风的女人。我想怎样做，便怎样做。我刚才也许答应过你的，现在又想：也许他，米卡忽然又使我喜欢起来，——他已经使我喜欢过一次，甚至喜欢了几乎一个钟头。也许我走出去，立刻对他说，让他从今天起就留在我的家里……我真是没有常性的人……”

“你刚才说的……完全不是那话……”——卡答邻纳·伊凡诺夫纳勉强微语着。

“喂，那是刚才，但是我的心是温柔的，愚蠢的。只要想一想，他为了我受了多少罪！我忽然回家后，怜惜他起来，——那时便怎样呢?”

“我料不到……”

“唉，小姐，您对待我真好，您真是高贵。您现在也许要不爱我这傻女人，为了我这样的脾气。请您给我可爱的手，安琪儿小姐，”——她温柔地请求，似乎怀着崇拜的神情，握住卡答邻纳·伊凡诺夫纳的小手。……“亲爱的小姐，我现在握住您的手，也要像您对我那样地吻着。您吻过我三次，我应该吻您一千次，才算清账。就这么办罢。以后听上帝的指示，也许我将做您的完全的奴隶，愿意像奴隶似的侍候您，让上帝怎样决定，便怎样，我们互相用不着有什么预先约定的话！您这可爱的小姐，你这使人不可置信的美人儿！”

她轻轻地把那只手端近自己的唇边，确乎是怀着一个奇怪的用意；就是用接吻“算清欠账。”卡答邻纳·伊凡诺夫纳并没有挣脱手；她带着畏葸的希望倾听格鲁申卡最后那句很奇怪地表示出来的，愿意“奴隶似的”侍候她的话。她兴奋地望着她的眼睛：她在那只眼睛里看出同样坦白的，信任的表情，同样明朗的快乐……“她也许太天真烂漫了”——卡答邻纳·伊凡诺夫纳心里闪出了希望。格鲁申卡似乎在欣赏着“可爱的小手，”慢吞吞地把它端近自己的唇边。但是那只手到了唇边的时候，她忽然迟留了两三秒钟，似乎在那里思索什么事情。

“您知道不知道，安琪儿小姐，”——她用温柔，甜蜜的声音，忽然拉长着调子说着，——“您知道怎么样，我就不来吻您的小手。”她发出异常快乐的，轻小的笑声。

“随您的便……您怎样啦?”——卡答邻纳·伊凡诺夫纳抖索了。

“请您留着这个做纪念，那就是您吻过我的手，而我没有吻您的手。”——她的眼睛里忽然闪出一点光亮，她可怕地钉看着卡答邻纳·伊凡诺夫纳。

“无礼的女人!”——卡答邻纳·伊凡诺夫纳忽然说，似乎忽然明白了什么事情，满脸通红，从座位上立起来。格鲁申卡不慌不忙地立起身来。

“我立刻转告米卡，您怎样吻我的手，而我完全没有吻你。他真要笑得不开交呢!”

“贱人！滚!”

“哎哟，真可羞，小姐，真可羞，这在您的方面甚至太不雅观，说出这样的话来，亲爱的小姐。”

“滚出去，出卖身体的畜生!”——卡答邻纳·伊凡诺夫纳吼叫起来。——在他的完全变色样的脸上，一切的线条全都抖动了。

“真是出卖的。您自己姑娘家在黄昏的时候跑到男人家里取钱，自己送上门去出卖自己的美貌，我是知道的。”

卡答邻纳·伊凡诺夫纳喊了一声，想奔到她身上去，但是阿莱莎用力阻止她：

“不要走一步，不要说一句话！您不要说话，不要回答。她会走的，立刻会走的！”

在这当儿卡答邻纳·伊凡诺夫纳的两位亲戚听到喊声跑进屋里来，女仆也跑进来了。大家全奔到她的身傍去。

“我就走，”——格鲁申卡说，从长沙发上取了短外套，——“阿莱莎，亲爱的，送我一下！”

“您快出去罢！”——阿莱莎在她面前合着两手求她。

“亲爱的阿莱莎，送我一下！我在路上要对你说一句很好听，很好听的话！我是为了你，阿莱莎，才闹出这场戏来的。送我一下，宝贝儿，以后你会喜欢我的。”

阿莱莎摇摆着手，转过身去。格鲁申卡明朗地笑了一声，从屋里跑出去了。

卡答邻纳·伊凡诺夫纳发作了歇司底里病。她呜咽着，痉挛攻击着她。大家在她身边忙乱起来。

“我警告过你的，”——大婶母对她说——“我拦阻你走这个步骤！你不知道这类东西的性子，这女人听说比什么人都坏……你是太任性了!"

"她是一只老虎!"——卡答邻纳·伊凡诺夫纳喊,——"为什么拦阻我,阿莱克谢意·费道洛维奇,我要打她一顿,打她一顿!"

她没有力量在阿莱莎面前压制自己,也许不愿意自行压制。

"应该把她鞭打,送到断头台上,交给刽子手,当着众人面前……"

阿莱莎退到门旁。

"但是上帝!"——卡答邻纳·伊凡诺夫纳忽然喊,摇摆两手,——"他呢!他是多么不诚实,多么不人道!他竟对这东西讲那件事情,在运定的。永远可咒诅的那天所发生的事情!'送上门出去卖美貌,亲爱的小姐!'她竟知道了!你的哥哥真是混蛋,阿莱克谢意·费道洛维奇!"

阿莱莎想说什么话,但是没有找出一句话来。他的心缩紧到痛楚的地步。

"您走罢,阿莱克谢意·费道洛维奇!我觉得羞耻,我觉得可怕!明天……我跪着哀求您明天来一趟。您不要责备我,饶恕我,我不知道还要做出什么事情来!"

阿莱莎似乎摇幌不定似的走到街上。他也想和她那样地哭。一个女仆忽然追上前来。

“小姐忘记霍赫拉阔瓦太太的信转交给您，它从午饭的时候就放在我们那里。”

阿莱莎机械地收下一只玫瑰色的小信封，近乎不自觉地塞进自己的口袋里去。

第十一章 又是一个失去了的名誉

从城里到修道院只有一俄里路多一点。阿莱莎在当时行人稀少的道路上匆遽地走着。已近黑夜，三十步外难于认清事物。在半途上有一个十字路口。在十字路口一颗孤寂的柳树底下看见有一个人形。阿莱莎刚刚走到那里，那个人形就离开位置，跑到他身傍来，用愤愤的声音喊道：

“拿钱包来，不然就送你的命！”

“原来是你呀，米卡！”——阿莱莎强烈地抖索了一下，惊讶起来。

“哈，哈，哈！你没有料到么？我心想：应该在那里等候你！在她的房子傍边么？从那里有三条路，我会找不到你。后来才想到等在这里，因为这里是必由之路，到修道院去别条路是没的。唔，你说老实话。你可以压碎我，像压死一只螳螂……你怎么啦？”

“没有什么，哥哥……我这是吃了惊吓。唉，特米脱里，刚才父亲流的血……（阿莱莎哭了，他早就想哭，现在他的心里忽然似乎溃决了。）——你几乎杀死他。……还诅詈他……而现在……在这里……刚刚……你还闹玩笑……拿钱包出来，不然就送你的命！”

“那有什么？不体面么？局面不相称么？”

“不是的……我是这样……”

“等着。你瞧那黑夜……你瞧，那是多末阴沉的黑夜，乌云，起了风！我躲在这边柳树底下等你，忽然心想，（上帝鉴临着的：）为什么再要这样受苦，等候什么？这里有一棵柳树，还有手帕，有衬衫，立刻可以绞成一根绳子，还可以加上一条吊裤带，——就可使世界少一累赘，不再使它为了我这低卑的生命蒙受不洁之名！那时候我听见了你走了过来，——天呀！真好像有什么东西忽然飞到我的身上：到底还有一个人是我爱的，他，这个人，就是我亲爱的小兄弟，我爱他，甚于世上的任何人，我唯一地爱他！在那时候我是如何地爱你，一面爱，一面就想：让我立刻投到他的颈上去！突然生了愚蠢的念头：‘让我和他逗乐，吓唬他一下。’我就像傻子似的喊起‘拿钱包出来！’的话。请你恕我做了这种蠢事。——这不过是意识的事情，其实我的心里……也是很够受的……不管它了。请你说，那里的情形怎么样？她说什么？压碎我罢！刺杀我罢！不要怜惜我！她狂怒了么?”

“不，并不。……那里完全不是这个情形，米卡。那里……我刚才看见她们两人在一块儿。”

“那两个人?”

“格鲁申卡在卡答邻纳·伊凡诺夫纳家里。”

特米脱里·费道洛维奇楞住了。

“不可能!”——他喊，“你说着梦话！格鲁申卡会在她家里!”

阿莱莎把从他走进卡答邻纳·伊凡诺夫纳家去的时候起所发生的一切事情讲述了一遍。他讲了十分钟左右，并不说得流畅，有次序，却很明白地传达着，把握住最主要的话语，最主要的行动，而且还鲜明地传出自己的情感，时常只用一个字。特米脱里默默地听着，呆板得可怕地钉视着。但是阿莱莎明了他已经全都了解，把握住全部的事实。但是叙讲的故事越见进展，他的脸不但显得阴沉，而且似乎更见威严。他皱紧眉毛，咬住牙根，呆板的眼睛显得更加呆板，钉牢，可怕……最出人意料之外的是他的整个的脸，本来愤怒和蛮横的，一下子忽然变了，变得不可思议的快，咬紧住的嘴唇松动了，特米脱里·费道洛维奇忽然发出最抑制不住，最无虚假的笑声。他根本被笑声浸淹！笑得甚至许久时候说不出话来。

“竟没有吻手。竟没有吻，就跑走了!”——他带着病态的欢欣的心情呼喊，——也可以称之为无礼的欢欣，假使这欢欣不是这样不虚伪，——“她竟喊着她是老虎！真是老虎。应该把她送上断头台去么？是的，是的，应该，应该，我自己就是这个意见；早就应该这样！你瞧，弟弟，断头台是可以的，但是应该先恢复了健康。我明白这位傲慢无礼的女王，她的整个面目，整个面目全表现在这只手上，这女魔！她是世界上可以形容到全体女魔的女王，一种特别的欢欣！那末她跑回家去了么？我立刻去……哎呀……立刻跑去找她！阿莱莎，你不要骂我，我很同意，把她绞死还嫌少些……”

“但是卡答邻纳·伊凡诺夫纳呢”……阿莱莎悲感地叫喊。

“我也看见她，看得十分透切，从来没有看得那样清楚！这竟等于全球四大洲的整个发见，说错了，五大洲的发见！做了这样的步骤！这正是那个女学生卡钦卡的本色，她为了拯救父亲的一个宽宏的意念，冒了被人家侮辱的危险，竟不怕跑到一个粗野无礼的军官家中！然而有的是骄傲，有的是冒险的需要，有的是对于命运的挑战，向无边的深渊挑战！你说那位婶母曾经阻拦过她么？她那位婶母自己就是傲慢的人。她是莫斯科将军夫人的嫡亲姊姊，她的骄傲比姊姊还厉害，但是丈夫侵吞公款，被人家发觉，丧失了财产，和一切，一切，骄傲的太太忽然压低了音调，至今没有抬高起来。那是她阻拦住卡嘉，而卡嘉不听。‘我能战胜一切，一切都应该服从我；只要我愿意，可以使格鲁申卡降服下来，’——她自己相信自己，自负太甚，那是谁的错处？你以为，她是故意首先吻格鲁申卡的手，怀着狡滑的主意么？不，不，她真的，真的爱上了格鲁申卡，不是格鲁申卡，都是自己的幻想，自己的谵语，——因为这是我的幻想，我的谵语。阿莱莎，宝贝，你怎么样脱身离开她们的？是不是掳起袈裟，遁走的？哈，哈，哈！”

“哥哥，你好像没有注意，你对格鲁申卡讲了那天发生的事情，而格鲁申卡刚才竟当面对她说，‘你自己私下里到男人家去出卖美貌。’你要知道，你是如何得罪了卡答邻纳·伊凡诺夫纳！哥哥，还有比这侮辱再深的么？”——使阿莱莎感到最痛苦的一个念头，是哥哥似乎喜欢卡答邻纳·伊凡诺夫纳的受辱，这自然是不可置信的事。

“哎呀！”——特米脱里·费道洛维奇忽然可怕地皱紧眉头，举起手掌击打自己的额角。他现在才注意到，虽然阿莱莎刚才已将卡德邻纳·伊凡诺夫纳如何受辱如何喊：“你的哥哥真是混蛋！”的一切事情全盘讲了出来。——“果真地，也许我曾对格鲁申卡讲过关于卡嘉所说‘运定’的日子的事情。对的，我讲过的，我现在记得了！那是在莫克洛叶，我喝醉了酒，吉卜赛女人唱歌……但是我哭着，当时自己痛哭着，我跪在地上，向卡嘉的形象祈祷，格鲁申卡明白这意思的。她当时全都明白，我记得，她自己也哭着——哎，见鬼！现在还能不这样么？常时哭泣，现在呢……现在是‘刺心的一箭！’女人都是这样的。”

他低下头、沉思着。

“是的，我是混蛋！无疑的混蛋，”——他忽然用阴沉的声音说出来，——“不管哭不哭，总是一个混蛋！你可以转达过去，我承受这个称呼，如果这能给予安慰。够了，再见罢，空谈有什么用？没有快乐？你走你的路，我走我的路。我也不愿意再相见，一直到一个最后的时间为止。告别罢，阿莱克谢意！”——他紧握阿莱莎的手，还是低垂眼皮，不抬头；又似乎挣脱一般，大踏步走到老城里去了。阿莱莎目送着他，不相信他会这样完全突然走开的。

“站住，阿莱克谢意，还有一个告白，对你一个人说的！”——特米脱里·费道洛维奇忽然回转来了。——“你看我，仔细看我，你瞧，这里，这里，这里准备着一件可怕的不名誉的事情。（特米脱里·费道洛维奇一面说着：‘这里，这里，’一面用拳头叩击胸脯，带着那种奇怪的态度，好像这不名誉的事情就横放而且保存在他的胸脯里面，在某一地方，也许在口袋里，或是密缝后，挂在胸前。）你已经知道我：我是坏蛋，公认的坏蛋！但是你要知道，无论我以前，现在，或将来，会做什么事来，——和现在，但是这个时候怀在我的胸脯里，就要开始行动和成就的那件不名誉的事，它的卑劣的程度是一点也不能，一点也不能相比的。我本来是一个完全的主人，可以停止这事的进行，可以停止，也可以实行，你要记住这一点！但是你要知道，我一定实行它，决不停止。我刚才对你全讲了出来，却没有讲这件事，因为甚至连我都没有厚脸来讲，！我还能停止；我一停止，明天就可以挽回已失的名誉的整整的一半。但是我不停止，我要实行卑劣的计谋。你可以预先做我的证人，我预先告诉给你听！幻灭和黑暗！用不着再解释，到那时候你自己会知道的，恶臭的胡同和女魔！告别罢。不必为我祈祷，我不配，也完全用不着，完全用不着……我完全不需要！走开罢！"

他忽然走开，这一次是完全走开了。阿莱莎走向修道院那里去；"我怎么竟会，怎么竟会看不见他？他说的是什么话？"他觉得十分离奇，——"明天我一定要去看他，寻找他，特地寻找他。他说的是什么话！"……

他绕过修道院，穿了松树林，一直走进庵舍。虽然这时候已经谁也不放进去，可是人家到底给他开了门。在他走进长老的修道院室的时候，他的心抖栗了："为什么，为什么他走出去？为什么长老打发他进入'人世？'此地一切静寂，此地是神圣的所在，但是那边却扰攘不安，那边是黑暗，使人立即迷失道路，莫知所措……”

沙弥勃洛菲里和修道司祭帕意西神甫还在修道室里，帕意西神甫整天里每隔一小时便进来打听曹西玛长老的健康。阿莱莎恐怖地听到长老的病况愈加恶化。甚至照例晚上和僧侣们的谈话今天也不能举行。照例，每天晚上，做完功课以后，临睡以前，修道院的全体僧侣们都聚到长老的修道院里，每人朗声对他忏悔今天自己的过失，罪孽的幻想，思想，一切诱惑，甚至相互间的口角，如果有这类情事发生了出来。有的人竟跪下来忏悔。长老加以解决，调解，训示，规定苦行的范围，又为他们祝福，放他们散走。反对长老制的人们所不满意的也就是僧侣间的“忏悔”。他们说这是亵渎忏悔的圣秘性，几乎犯了渎圣罪，虽然这完全是另一件事。甚至向主教方面提出，说这类的忏悔不但不能达到良好的目的，而且确实会有意地引到罪孽和引诱的方面去的。僧侣们中有许多人不高兴到长老那里去，只是勉强地，因为大家都去，又因为不愿意使人家认为他们具有骄傲的，反叛的思想。有人讲，僧侣们里有些人在赴晚间忏悔的时候，互相预行约定：“我要说我早晨恨过你，你应该证实它，”——这是为了话可说，为了敷衍了事。阿莱莎知道有时确乎会发生这类的事形。他还知道僧侣们里有人最恨的是庵舍的徒众所收到的一切信件，甚至是家信，也须先送到长老那里，由他折开来，比收信人先读一遍。

自然，根据原来的意思，这一切应该自由而且诚恳地办理着，出于全心灵，为了自愿的服从，和超救的监督。然而实际上，发生的结果竟很不诚恳，相反地，只是虚伪和装腔。但是僧侣们里辈分老的，和有经验的一些坚持着自己的主见。他们以为凡是诚恳地进这墙里来修行的，无疑地，这类修道和苦行确是可以使他们得救，给予他们极大的利益，但是相反地，如有人引以为苦，生了怨意，那末无论怎样说，他们似乎已经不是修道僧，徒然进入修道院里，这类人的位置是在人世间。罪孽和魔鬼，不但在人世里，即使在教堂里，也是防备不尽的，所以大可不必对于罪孽让步。

“他软弱得很，尽要睡觉，”——帕意西神甫为阿莱莎祝福以后，微声告诉他，——“竟难于唤醒他。但是也不用去叫醒。五分钟后醒了，请求转致祝福给僧侣们；还求僧侣们为他作晚祷。明年还打算受一次圣秘礼。又记起你来，阿莱克谢意，问你出去了没有。我们回答他说在城里。‘我是祝福他那里去的；他应该到那边去；现在这里不是他的住处，’——这是他提到你时所说的话。他总是带着爱情和挂念忆到你。你想一想，你是什么得到这样的眷宠？不过他何以决定你暂时应该到尘世界里去混？他一定在你的命运里有什么预见！你要明白，阿莱克谢意，如果你回到人间，那似乎为了修你的长老加在你身上的功课，并不是去从事轻云的浮华，人间的快乐……”

帕意西神甫出去了。长老即将辞世一层，对于阿莱莎是毫无疑义的，虽然他也许还能活上一两天。阿莱莎坚定而且热烈地决定，虽然他曾答应和父亲，霍赫拉阔瓦，哥哥，和卡答邻纳·伊凡诺夫纳等人相见，——明天完全不出修道院一步，将留在长老身傍，直到他的临终为止。他的心被爱情炽烧着，他悲苦地责备自己，竟会在城里一下子忘记了在修道院遗留在垂死的床上，为他平素最敬爱的人。他走进长老的卧室，跪下来，向睡着的人鞠躬到地。长老静静地，动也不动地睡着，轻微地呼吸，平均而且几乎觉不出来。他的脸是安静的。

阿莱莎回到另一间屋子，——就是长老早晨接见宾客的那间，——差不多不脱衣裳，只脱皮靴，躺在坚硬狭窄的皮沙发上面，他早就每夜睡在这上面，只取来一只枕头。刚才他的父亲喊嚷出来的褥子，他早已忘记了铺垫。他只脱下了袈裟，用它覆盖身子，代替被褥。临睡之前，他跪下来，祈祷许多时候。他在热烈的祷词中，不求上帝为他解释他的不安，只是渴求着快乐的情绪，以前，在他颂赞了上帝以后，（这是他临睡前照例所作祷词的内容，）时常有这样的情绪光降到他的心灵里来。光降到他身上的那种快乐引他进入轻松，安静的梦里。他现在祈祷的时候，偶然间忽在口袋里摸到那封小小的，玫瑰色的信，就是卡答邻纳·伊凡诺夫纳的女仆在路上追过来转递给他的。他感到惭愧，却仍旧念完了祷词。在迟疑了一会儿以后，便打开了信封。里面有署名 Lise 的一封信，——就是霍赫拉阔瓦太太的那个年轻女儿，早晨当着长老那样取笑他的。

她写道：

“阿莱克谢意·费道洛维奇，我私下对您写这封信，连母亲都不知道。我知道这是很不好的。但是我不能再生活下去，如果不对您说出我心里产生下来的一切话，这些话除去你我两人以外，谁也不应该事先知道。但是叫我如何对您说出我想对您说的话？据说，纸张不会脸红，对你说，这是不对的，纸张不会脸红得和我现在一样。亲爱的阿莱莎，我爱您，从儿童时候起就爱，从莫斯科起，那时您还完全不是现在的那个样子。我一辈子爱您。我的心选择了您，我愿意和您结合，到了年老的时候便一同结束我们的生命。自然须以您脱离修道院为条件。关于年龄一层，我们可以等待到法律允许的时候。到那时候我一定恢复健康，可以走路，跳舞。这是无庸多说的。

“您看见我是一切都想到了，惟有一件事情不能想出：那就是你读了这封信以后，对于我将生什么感想？我好笑，好淘气，我刚才使你生气，但是我对你说实话，我在执笔以前，曾向圣母像祷告，现在也在祷告，几乎哭泣。

“我的秘密现在握在你的手里，明天您来时我不知道怎样看您。阿莱克谢意·费道洛维奇，假使我看着您的脸的时候。又像傻瓜一般。按捺不住，像刚才那样大笑起来，便怎么办呢？您一定把我当作坏脾气，好取笑的女人，不再相信我这封信。由此我恳求您，亲爱的，如您对我有一点同情，在您明天走进来的时候，不要太逼直地看我的眼睛，因为我眼神和您相遇的时候，也许我一定会忽然大笑起来，况且您又穿着这种长袍。……现在，我想到这一层的时候，竟全身发冷，所以您走进来的时候，暂时请您不要看我，可以看母亲或窗外……

“我居然给您写了情书，我的天，我做出了什么事情！阿莱莎，请您不要看轻我。如果我做了很坏的事，使您发怒，那末请您恕我。现在，我的也许永远失去了的名誉的秘密握在您的手中了。

“我今天一定要哭。再见罢，可怕的再见罢。”

“再启者。阿莱莎，请您一定，一定，一定来！Lise”

阿莱莎怀着惊奇读完这封信，读了两遍，想了想，忽然轻声，甜蜜地笑了。他想要抖索，在他看来这笑声是有罪的。但是过了一会，他又那样轻声地，那样有幸福地笑了。他慢吞吞地把信放进信封里，画了十字，躺下来了。他的心灵的骚扰忽然过去了。“上帝，愿你赐恩于这些人们。保佑这些不幸的，骚乱的人们，给他指示一条途径。你有许多路；可以救他们。你就是爱。你给大家送来快乐!”——阿莱莎喃声说，画着十字，同时堕入静谧的梦中。

（第一部完　全书未完）

图书在版编目（CIP）数据

兄弟们 /（俄罗斯）陀思妥耶夫斯基著；耿济之译. —北京：中国国际广播出版社，2013.1
（良友文学丛书）
ISBN 978-7-5078-3575-5

Ⅰ. ①兄… Ⅱ. ①陀…②耿… Ⅲ. ①长篇小说－俄罗斯－近代 Ⅳ. ①I512.44

中国版本图书馆CIP数据核字（2012）第274811号

兄 弟 们

著　　者	[俄] 陀思妥耶夫斯基
译　　者	耿济之
责任编辑	张娟平　杜春梅
版式设计	国广设计室
责任校对	徐秀英
出版发行	中国国际广播出版社（83139469　83139489[传真]）
社　　址	北京复兴门外大街2号（国家广电总局内） 邮编：100866
网　　址	www.chirp.com.cn
经　　销	新华书店
印　　刷	环球印刷（北京）有限公司
开　　本	620×920　1/16
字　　数	73千字
印　　张	10
版　　次	2013年1月　北京第一版
印　　次	2013年1月　第一次印刷
书　　号	ISBN 978-7-5078-3575-5/I·417
定　　价	35.00元

CRI 中国国际广播出版社
欢迎关注本社新浪官方微博
官方网站 www.chirp.cn

人文阅读与收藏·良友文学丛书

(1)	鲁　迅　编译	竖　琴
(2)	何家槐　著	暧　昧
(3)	巴　金　著	雨
(4)	鲁　迅　编译	一天的工作
(5)	张天翼　著	一　年
(6)	篷　子　著	剪影集
(7)	丁　玲　著	母　亲
(8)	老　舍　著	离　婚
(9)	施蛰存　著	善女人行品
(10)	沈从文　著	记丁玲
	沈从文　著	记丁玲续集
(11)	老　舍　著	赶　集
(12)	陈　铨　著	革命的前一幕
(13)	张天翼　著	移　行
(14)	郑振铎　著	欧行日记
(15)	靳　以　著	虫　蚀
(16)	茅　盾　著	话匣子
(17)	巴　金　著	电
(18)	侍　桁　著	参差集
(19)	丰子恺　著	车箱社会
(20)	凌叔华　著	小哥儿俩
(21)	沈起予　著	残　碑
(22)	巴　金　著	雾
(23)	周作人　著	苦竹杂记　（暂缺）